逃げる力

百田尚樹
Hyakuta Naoki

PHP新書

まえがき

「逃げる」というと、皆さんは、どんなイメージをお持ちでしょうか。

会社から逃げる、人間関係から逃げる、目の前のピンチから逃げる……など、いろいろありますが、これらは「よくないこと」という気がしているのではないでしょうか。

人間というものはできるだけ忍耐強く我慢して、自分の責任を果たさなければいけない。逃げたことが他人に知られたら、恥ずかしい。逃げることは、消極的で、後ろ向きなこと――そんなふうに考えていませんか。

でも、その考えは間違っています。「逃げる」ことは消極的な態度ではなく、戦うことと同じくらい積極的な行動なのです。

人はそれぞれ、自分の人生で、大事にしなければならないものを持っています。私の場合は、まず自分の命。そして、家族です。

この、自分にとって大切なものを守るために、人生にはしばしば「戦うか」、あるいは「逃げるか」という選択を迫られるときがあります。そのとき、戦っても勝ち目がない、または戦っても状況は変わらない、あるいは戦っても得るものがない、と判断したら、さっさと逃げるべきです。これはまったく恥ずかしいことでも、いけないことでもありません。

魏晋《ぎしん》南北朝時代に編まれた有名な兵法書『兵法三十六計』の最後にあるのが、「走為上（走るを上と為《な》す）」というものです。これは「逃げるのが最善の策」という意味で、「三十六計、逃げるにしかず」という語源となった言葉です。

この本の編者はこう語っています。

「勝ち目がないと判断したときは、全力をあげて撤退する。損害を最小限に抑えて戦いを回避できるのは、指揮官が判断力を失っていないからである」

「これ以上戦えないというときは、『降伏』か『停戦』か『撤退』かのいずれかであるが、降伏は完全な敗北であり、不利な条件での停戦も敗北に近い。しかし戦力を温存したままでの撤退は、いつでも形勢挽回が可能である」

私たち日本人の価値観では、「逃走する」というのは、恥ずかしい行為であると見られがちです。「逃げるくらいなら、潔く死ぬ」のが美徳という空気があります。大東亜戦争のときも、捕虜となるのを拒否して、しばしば玉砕戦法が取られました。しかし中国や欧米では、「玉砕の美学」などはありません。恥は一時的なもので、最終的に逆襲に転じて勝利をすればいいという考え方があるようです。

つまり、「逃げる」ということは、実は「戦う」ことでもあるのです。退却は「捲土《けんど》重来《ちょうらい》を期して」のものなのです。「捲土重来」とは、一度戦いに負けた者が、勢いを盛り返して、ふたたび攻め上がることです。

逃げることが積極的な行為であることは、次のことからもいえます。「戦うとき」は脳内にアドレナリンが放出されることはご存知だと思います。アドレナリンは動物が敵から身を守るときに、副腎髄質《ふくじんずいしつ》より分泌されるホルモンで、運動器官への血液供給増大や、心筋収縮力の上昇などを引き起こします。

実はこのアドレナリンは「戦うとき」だけではなく、「逃げるとき」にも分泌されるのです。つまり生命にとって、「戦うこと」と「逃げること」は同じなのです。両方とも、命を守るための行動を起こすときに分泌されるものなのです。英語でアドレナリンのことは、「fight-or-flight」（闘争か逃走か）ホルモンと呼ばれるのはそのためです。

つまり、逃げたほうがいいのに逃げられないでいるということは、アドレナリンが分泌されにくい状態になっているともいえます。これは危険なことです。

もしこの本を手にお取りになっている皆さんの中に、今、理不尽な環境の中に置かれている方がいらっしゃるなら、逃げるという選択肢を考えてみることは大事なことだと思います。それは人生で最終的に勝利を得るための「積極的逃走」なのです。

逃げる力

目次

まえがき 3

第一章
積極的逃走のすすめ

逃げるは恥だが役に立つ 16
それまでの投資を「もったいない」と思うな 19
逃げることにも、戦うことと同じくらいエネルギーがいる 22
生き物が持つ根源的な判断力を失っている 24
人生の判断をしてこなかった人たち 27

第二章
人生の勝利者は「逃げる達人」

最も大切なのは「負けを素直に認めること」 32
モハメド・アリは、同じ相手に二度負けることはなかった 34

大東亜戦争、死者の大半は最後の一九四五年に亡くなった　37
形勢不利のとき、強い碁打ちはどうするか　39
織田信長の思い切った逃亡　42
罠にはまった徳川家康　44
劉邦を救った陳平の「金蟬脱殻の計」　47
世界で最も逃げるのが得意な華僑とユダヤ人　49
一流の探検家が備える「退却する勇気」　50
敗北に慣れることも大切　53

第三章　会社や仕事から逃げる

ヤバいのは、ブラック企業だけじゃない　60
簡単に逃げ出せたら苦労はない。が……　64
「レールから外れたら終わり」が、逃げ道をふさぐ　66

失いたくないものの価値を考える　71
レールから外れた私の人生　76
夢が大きすぎると、夢に食い殺される　80
「責任感が強いから逃げなかった」は言い訳　84
ブラック企業を辞められない理由　87
『女工哀史』とブラック企業の違い　92
パワハラ上司から逃げるべきか　95
言うべきときに言わないと野性の本能的な力を失う　99
徹底的に損得勘定で考えよう　101
この理不尽さを容認できるのか、紙に書いてみる　102
ガマンするなら、ガマンの仕方を考える　104
人生にも捨てゲームがある　107
異動の悩みなんて、小さい悩み　110

第四章

人間関係から逃げる

人間関係のしがらみはいくつになってもつきまとう 114
LINEやフェイスブックに振り回される人たち 116
本当の友達ではない人への気遣い 118
孤独や退屈を怖れるな 120
ランチタイムにトイレで食事をする心理 124
仲間はずれになっても大丈夫 125
DV男からは、即刻逃げよ 128
「ひきこもり」は正しい「逃げ」か 130
いじめから逃げ出せるかは親次第 133
犬の生き方より、猫の生き方を選べ 135
人間関係の悩みは、本当は些細なこと 140
人は、悩みごとがなくなったら、新たに悩みごとをつくってしまう 142

第五章

逃げてはいけないとき

「自分に合わない」という理由で辞めるのは、悪い逃げ方 148
「やればできる」が日本をダメにする 150
テレビ業界で伸びていくのは、素直な人 153
努力しても意味はないのか 155
生活のために働く必要がない若者たち 157
「好きな仕事をして生きよう」と考えると苦しくなる 160
忙しい人は、締め切りまで目一杯時間を使っている 163

第六章

突発的危機から逃げる

消防団員の後悔 168
とっさのときに落ち着いて行動するために 172

阪神・淡路大震災でアパートが全壊した友人 176
正常性バイアスという恐ろしい心理 177
Jアラートや防災情報を軽視する日本人 178

第七章 国の危機から逃れる

現在の日本はブラック企業のサラリーマンに似ている 182
滅茶苦茶な要求をする得意先、中国 183
厄介な同僚、朝鮮半島 186
中国が日本侵略を企む理由 188
ひたすら我慢の日本 191
力の均衡なしに話し合いはあり得ない 193
問題は領土だけではない! 194
抗議する力を持つ 196

軍事衝突の恐怖 197
大人の態度で接しようとするから、中国・韓国からナメられる 199

第八章 守るべきものがあれば、逃げられる

幸せの絶対的基準を持っているか 202
「逃げの小五郎」 206
『永遠の0』宮部久蔵の生き方 208
仕事は幸せの絶対的基準になり得るか 210
替えがきかないのは家族と自分だけ 212
守るものを見つけるべき 215

参考文献

第一章

積極的逃走のすすめ

逃げるは恥だが役に立つ

二〇一六年、「逃げるは恥だが役に立つ」というテレビドラマが人気を博しましたが、この言葉は実はハンガリーのことわざだそうです。原文を直訳すると、「恥ずかしい逃げ方だったとしても生き抜くことが大切」という言葉になります。

これは素晴らしい名言だと思います。そして今、「死んだほうがましかな」と思うほどに追い込まれている人に届けたい言葉です。

悲しいことに現代社会では、会社のために自らを追い込んで、最終的に死を選んでしまう人は少なくありません。最近でも、大手広告代理店に勤めていた若い女性社員が過労によって自殺したという事件がありました。そのニュースを見た多くの人は、「なぜ、会社を辞めなかったのか」と考えたのではないでしょうか。

東京大学を卒業して大手広告代理店に勤務していたTさんは、二〇一五年十二月二十五日に投身自殺しました。

Tさんの総労働時間は、同年の十月二十五日から三十一日までの一週間で八十七時間二十六分、十一月一日から七日までの一週間で七十七時間十八分に上っていました。

さらに上司から「君の残業時間の二十時間は会社にとって無駄」「会議中に眠そうな顔をするのは管理ができていない」「今の業務量で辛いのはキャパがなさすぎる」「女子力がない」といった暴言を浴びせられ、Tさんは十一月上旬にうつ病を発症し、その後悪化していったとみられています。

Tさんのツイッターを見ると、「十月十四日　眠りたい以外の感情を失いました」「十一月十日　毎日次の日が来るのが怖くてねられない」「十二月十六日　死にたいと思いながらこんなにストレスフルな毎日を乗り越えた先に何が残るんだろうか」といった投稿がされていて、精神的に極限まで追い詰められていったことがわかります。そして十二月二十五日に、とうとう一線を越えてしまったのです。

Tさんの遺族の弁護士は、彼女が自ら死を選んだ理由について、「一日二時間、週十時間程度しか睡眠時間がとれない状態におかれ、その結果、うつ病を発病し悪化させ、判断能力、行為選択能力が著しく低下したこと」と述べています（Tさんの母との共著『過労死ゼロの社会を』連合出版より）。Tさんの自殺の原因が仕事だけにあったのかは断定することはできませんが、仕事が彼女を追い込んでいたのは間違いないでしょう。

このように、人は追い詰められると思考力が低下し、「現実から逃げ出す」という選択肢がまるで頭から消えてしまうことがあります。そして極端な場合、このままこの状況に耐え続けるか、それとも、自ら死を選ぶかという本来有り得ない二択になってしまうのです。

Tさんの悲劇から我々が学ぶべきことは、自分の判断力が低下してしまう前に、「自分にとって最も大事なものは自分の命」ということをしっかり見定め、戦うか逃げるかを決めなければならないということです。

Tさんのケースはいわば極端なケースで、一般的には当てはまらない話かもしれません。しかし、「戦うか、逃げるか」という判断を下すことなく、日々流されるままに生きている方は数多くいらっしゃるのではないかと思います。

自分が本来大切にすべきものよりも、その場の流れでさほど重要ではない仕事や別の人間関係を優先してしまうこともあるかもしれません。そのときに、本当にこの優先順位で問題ないのか、冷静に見定める姿勢が大事なのです。

それまでの投資を「もったいない」と思うな

「逃げること」が求められるのは、理不尽な環境に置かれたときに限りません。人生、どんなことでも、「逃げなければいけない」局面があります。その見極めを間違えると、多大なダメージを食らい、再起不能になることがあります。

経済学の分野で、「サンクコスト」という言葉があります。何らかの投資について、成果が得られる見通しが立たないときに、それまで投入した時間、労力、金銭のことを指します。そして経済学者の研究では、「どうもこのプロジェクトは成果が出そうにない」と判断した時点ですぱっと投資を諦《あきら》めれば、損害を最も少なく抑えることができる、と結論づけられています。

たとえば、会社の経営が傾いて、このままだと倒産は免れない状況だとしましょう。多くの経営者は「信用を失いたくない」と必死で立て直そうとして多大なコストや時間をかけますが、いさぎよく諦めて、会社を整理したほうが、結果的に損害が良化することが多いようです。もはや回復する見込みはないのに、悪あがきをしてしまうと、ますます状況は悪化し、もっと損失が拡大する可能性はあります。

これは、始めた店や事業が上手く行かなかったときにも、同じことが言えます。出店費用などの初期投資がかかっている場合は、もったいないと感じるかもしれませんが、あまりにお客さんが来ないとなると、資金が枯渇し、再チャレンジするチャンスを失ってしまいます。それよりは、大やけどをしないうちにたたんでしまい、もう一度、別の場所で再チャレンジしたほうが、成功する可能性は高いでしょう。

一つ実例を挙げると、コダックと富士フイルムのケースがあります。この二つの企業はまさしく好対照です。共に、写真フィルムのトップメーカーでしたが、デジカメが登場した後も、コダックはフィルムにこだわり過ぎてしまい、業績が悪化。二〇一二年に倒産してしまいました。一方、富士フイルムは、写真フィルムを早々に諦め、フィルムで培《つちか》った技術を化粧品などに応用しました。そして資金を、コピー機のゼロックスなど他の事業の買収などに使うことで、生き延びることに成功しました。

生き残る企業は、躍進力が凄いのはもちろんですが、実は撤退力が素晴らしいのです。このまま続けても業績が向上しないと判断したときは、素早く撤退します。飲食チェーン店などは、一年も経たずに店をたたむことが珍しくありませんが、長い目で見れば、そうしたほうが、儲けられると知っているからでしょう。

逆に倒産する企業は、その決断ができずに、ずるずると頑張ってしまい、取り返しのつかない事態になっていったということがよくあります。

株式などの投資に関しても、損失が出ているのに、「我慢していれば、そのうち、株価が回復する」などと淡い期待を抱いて、いつまでも塩漬けにしていると、多くの場合、もっと損することになります。とくにFX（外国為替証拠金取引）や先物取引などは、自分が投じた資金以上の損失を出すことがあります。損が出ると思ったら、素早く損切りすることが重要です。そういう意味では企業も人生も似たところがあります。

もちろん、人生には、簡単には諦めない粘り強さも大切です。絶対的不利な中で戦い続けた末に、逆転勝ちすることもあるでしょう。勝利の目があるときは頑張り抜くことも大切ですが、相当な僥倖《ぎょうこう》に恵まれない限り、その可能性がない戦いは撤退すべきです。とくにその敗北が再起不能になる危険がある戦いにおいては、です。何もかも失っては終わりです。

逃げることにも、戦うことと同じくらいエネルギーがいる

このように、「逃げるべきときに逃げること」は、何をするにしても重要なことですが、現実には、それができない人が多いのではないでしょうか。

その理由をいろいろと考えたところ、次のようなことに行き当たりました。

まず、一つ、考えられるのは、「逃げるエネルギーや気力がなくなってしまっていることです。

自らの大切なものを守るための「積極的逃走」は、何かと戦うときと同じくらいエネルギーや精神力が要ります。

たとえば、長年勤めた会社に見切りをつけて、新天地に行くことは、「積極的逃走」ですが、そのときに消費するエネルギーや精神力は相当なものです。

多少問題がある会社でも、慣れた職場で働いていれば、仕事内容もわかりきっていますし、人間関係も出来上がっていますから、ある意味、楽です。そうした安直なほうに流れる心を奮い立たせるには、それなりにエネルギーや精神力が必要です。

いざ行動に移してからも、上司に「辞めないでほしい」と引き止められたり、お世話になった先輩に責められたりすれば、精神的にストレスがかかります。また、他社の面接を受けることや、採用が決まった後に新しい職場で仕事を覚え直し人間関係を築き直すことも、相当な労力がかかります。新しい職場のほうが、茨《いばら》の道に見えるのは仕方がないでしょう。転職に慣れている人は、「何を大げさな」と思うかもしれませんが、何十年も同じ職場で働いていた人にとっては、けっこうしんどいことです。

また、離婚も「積極的逃走」の一つですが、離婚は結婚よりもエネルギーが要るというのは、よくいわれる話です。逆上するパートナーと話し合ったり、親権や財産を巡って戦ったりするのは、確かにエネルギーと精神力を必要とするでしょう。

ですから、エネルギーや精神力が失われている人は、「もうこれ以上疲れたくないから、このままでいいや……」と考えて、行動に移すのを諦めてしまうということもあるでしょう。

でも本当は、そのような中途半端な状態がいちばんよくないのです。積極的に戦うか逃げるかを決めなければ、ただやられるだけ、消耗するだけになってしまいます。判断力も徐々に低下し、取り返しのつかないことになりかねません。

生き物が持つ根源的な判断力を失っている

この状況は、「生き物が持つ根源的な判断力を失っている」ともいえます。これは敢えて厳しい言い方をすれば、「退化している」といっても良いでしょう。

人間に限らず、動物には、生存本能が備わっています。その中の一つが、敵と対峙したときに、「戦うか、逃げるか」を瞬時に判断し、自己にとって最もいい決定をすることです。動物の世界は弱肉強食であり、相手が自分より強いとわかったら、一刻も早く確実な方法で逃げなければなりません。この能力がなければ、簡単に絶滅してしまいますから、どの生き物もその判断力は非常に発達しています。

その例はいくらでも挙げることができます。

アフリカの草食動物は肉食動物から逃れるために走る能力が与えられています。しかし実は肉食動物はそれ以上の俊足を誇ります。たとえばガゼルやインパラは時速七〇〜九〇キロくらいですが、チーターは時速一〇〇キロを超えます。ところがチーターはスタミナがなく、ガゼルやインパラがジグザグに走ったりして、二〇〇〇メートルほど逃げれば、助かる可能性は上がります。ただ、チーターも獲物がジグザグに走っているときは力をセーブし、獲物がまっすぐに走り出したときに全速力で追いかけるそうです。このように、追う者と追われる者は、常に生存本能を懸けたギリギリの勝負をしているのです。ここには「逃げること」が弱いとか情けないとかいう概念は一切ありません。

また彼らは「逃げる力」を無駄に使いません。たとえばトムソンガゼルは、足は速いがスタミナのないチーターに対しては、一〇〇～三〇〇メートルくらいまで近づいたときに逃げ出すのに対して、チーターほど速くはないがスタミナの豊富なリカオンだと、五〇〇～一〇〇〇メートルくらいに近づいたときに逃げ出します。

ゴキブリは、目や耳、それにおしりの部分にある尾角と呼ばれる触覚受容器官で、近づく敵の存在を察知します。尾角は、空気の動きや接触にとても敏感に反応し、遠くから息を吹きかけると、あわてて走り去ります。すぐに走れるのは、神経線維に、他の昆虫に比べて一四倍もの太さを持つ巨大繊維が六本から八本含まれているからです。だから神経刺激が迅速に伝わり、瞬時に走り出せるのです。

ご存知の通り、ゴキブリの逃げ足の速さは、すさまじいものがあります。中でも、ワモンゴキブリは世界で最も早く走る昆虫の一つといわれ、時速約四・七キロメートル。一秒間に体長の三四倍の距離を走るそうです。人間で考えたら、身長一五〇センチメートルの人が一秒間に五〇メートル以上走るのですから、想像を絶する速さです。

また、イモムシやクモ、アブラムシなどの一種は、ぶらさがっている木の枝や葉がゆさぶられ、「捕食者が来た」と判断すると、ただちに落下して生き延びます。スモモゾウムシは、地面に落ちて土の塊《かたまり》に擬態《ぎたい》しますし、コメツキムシのように、腹を下にして着地して、胸部の背側にある目玉模様（眼状紋）を見せて恐ろしい小型爬虫類のふりをする虫もいます。

面白いのは、キリンとシマウマです。東アフリカでは、キリンとシマウマが同じ場所で群れていることがありますが、キリンは遠方にいるライオンなどをいちはやく見つけ、シマウマは近くの繁みに隠れている敵を察知します。危険を互いに知らせているわけではなく、お互いの動きや気配から敵の存在に気づくのですが、意図しないところでお互いが助け合って、危険を察知しているというわけです。

このような生存本能は、当然、人間も持っています。本来は、「逃げなければ命を落とす」と判断したら、瞬時に逃げる能力を持っているはずです。

たとえば学校でいじめられたときには、そのいじめてくる人たちと戦うか、転校などをしてそこから逃げるか。仕事でいえば、パワハラなどにあったら、その上司と戦うか、会社を辞めるか。つぶれそうなら、残って立て直そうとするか、逃げるか。

本来、人はこうした判断が下せる本能を持っているはずなのです。

ところが、現代では、そうした生き物が持つ根源的な判断力が退化している人が多いように思えます。どう考えても逃げなければならないときに逃げなかったり、戦わなければならないときに戦わなかったり、というように、適切な判断を下さず、思考停止に陥って、固まってしまうのです。

人生の判断をしてこなかった人たち

生き物が持つ根源的な判断力を失ってしまった理由には、いろいろな原因があると思いますが、一つは、そもそも人生における判断自体をする機会が少なかったことがあるでしょう。

最近は以前よりも、雇用の流動化が進んできたといわれますが、それでも、学校を卒業した後、新卒で入った会社にそのまま定年まで勤め続ける人はまだまだ多いのではないかと思います。その四十年近い会社人生の中で、人生を変えるような決断を自ら下してきた人は案外少ないのではないでしょうか。

異動の指示が出たら指示通りに異動し、転勤の指示が出たら、拒否することなく転勤する。嫌な上司が上についても、黙ってその上司の指示を聞く……といった具合でしょうか。もちろん、少しは不満はあったかもしれませんが、反旗をひるがえしたり、逃げ出したりすれば、上司と険悪になって不遇をかこつことになるかもしれませんし、左遷やリストラの対象になるかもしれませんから、黙って会社の指示に従っていたほうが無難です。すると、自分で判断する機会がなくなっていきます。

しかし、使わない筋肉が衰えるように、判断力も使わなければ衰えてくるのではないか、と私は考えます。すると、いざ逃げるべきか戦うべきかを判断しなければならないときに、判断力が機能しなくなるのです。

人生の判断をしてこなかった人は、会社勤めのサラリーマンだけではないと思います。主婦も、夫のプロポーズになんとなく乗って結婚しているかもしれませんし、人によっては、高校や大学受験の頃から、親や先生にすすめられた学校に深く考えることなく進学したということもあるでしょう。

それでも、その人生が順風満帆《じゅんぷうまんぱん》にいっていれば、とくに問題はありません。しかし、人生は、いつ、何が起きるかわかりません。たとえば、会社でいえば、不祥事などで会社の経営が傾くこともあれば、外資系企業と合併することで自分に合わない文化の会社に変わってしまうこともあります。また、選んだ配偶者が実はＤＶが激しかったり、金遣いが荒かったり、性的にだらしがなかったりと、とんでもない人である可能性もあります。親や先生にすすめられて入った学校でいじめに遭うことだってあるでしょう。

そんなとき、本当ならば「逃げる」という判断を下すべきなのに、それまでの人生でそうした判断を下してこなかったばかりに、決断できないということはよくあります。

それに加えてもう一つ、生き物が持つ根源的な判断力を失ってしまった理由がある、と私は考えています。それは、「自分で自分の心を縛っている」ことです。

心の奥底では一目散に逃げ出したいと思っているのに、偏った固定観念やプライドなどによって、自らを逃げられなくしているのです。これについては後ほど取り上げます。

実は、私が皆さんに、「逃げる力」を持つことをすすめるのは、「逃げる力」を付ければ、成功へと近づくことにもなるからです。これは一見矛盾するようですが、決してそうではありません。それを第二章でお話ししましょう。

第二章

人生の勝利者は「逃げる達人」

人生には勝負がつきものです。ライバル会社とのコンペやスポーツの試合といった直接的な勝負もありますし、仕事のノルマ、学校のテスト、さらには恋愛だって場合によっては勝負と呼べるかもしれません。

そして、すべての勝負で勝つということは、よほど能力と強運に恵まれている人以外はまずありえないでしょう。誰もがいつか負けることを経験するわけですが、そのときの負け方がその後の勝負の結果にも影響します。「逃げる」ことに加えて、上手く「負ける」ことも、生き抜いていくためには重要なことです。本章では形勢不利に陥ったときにどのような判断を下せばいいのかについて、考えてみたいと思います。

世の中で、「勝利者」と呼ばれる人を見ていると、例外なく「逃げる力」に優れていることがわかります。彼らの人生戦績表は白星ばかりではありません。実は結構黒星もあるのです。ただ、その黒星は決定的な敗北にはなっていません。つまり「上手に負けている」のです。言い換えれば、「逃げる達人」なのです。

最も大切なのは「負けを素直に認めること」

負けることにおいて、最も大切なこととは何でしょうか？

それは、「負けを素直に認めること」です。

言葉にすると簡単なことですが、負けを素直に認めることほど難しいことはありません。負けることが嬉しい人など誰もいないからです。だから、多くの人は、負けたときに、「今回は調子が悪かった」とか「自分に不利な条件があった」とか「運が悪かった」というように、自分以外に原因を求めようとします。プライドの高い人ほど、そういう傾向があるように思えます。

しかし、負けたことを素直に認めないと、負けの原因と真正面から向き合って、反省することができません。だから、次も負けてしまうのです。しかも、何度も同じパターンで負けていることが少なくありません。

大東亜戦争での日本は、その典型的な例でした。一九四二年のミッドウェー海戦では、敵の戦力を軽く見て、空母を出し惜しみしたばかりに、「赤城」「加賀」「飛龍」「蒼《そう》龍《りゅう》」という、海軍が誇る空母を四隻も一気に失ってしまいました。アメリカ軍は、修理中の空母ヨークタウンも含めたすべての戦力を投入し、総力を結集して戦ったのに、日本軍は中途半端に戦力を投入したことで、負けてしまったのです。

ところが、その後も、同じような負け方を繰り返します。ミッドウェー海戦の直後に始まったガダルカナル島の戦いの「イル川渡河戦」でも、日本の大本営は連合軍の戦力が二〇〇〇人くらいだろうという甘い読みで、わずか九〇〇人の部隊を送り込みました。実際には米軍は一万九〇〇〇人もいて、その陣地に突撃した日本軍約九〇〇人の兵士のうち、七七七人が一夜のうちに亡くなりました。その後も、兵士を少しずつ送り込むことで、次々と犠牲者を増やし、甚大なダメージを被ってしまいました。これは「兵力の逐次投入」と言って、最も拙劣な戦法です。もし、ミッドウェーの敗戦を真摯《しんし》に反省していたら、こんなことは起こらなかったでしょう。

モハメド・アリは、同じ相手に二度負けることはなかった

世の中の強者は、失敗を素直に認めます。

たとえば、ボクシングの元ヘビー級世界チャンピオンであるモハメド・アリは、同じ相手に二度負けることはありませんでした。彼は生涯に五回負けていますが、最晩年の

二つの敗戦以外は、すべて二度目の対戦で雪辱《せつじょく》しています。アリが彼らと戦った試合は、一戦目と二戦目では、明らかに戦法を変えています。相手のスタイルを研究して、その弱点をつくようなスタイルで戦っています。ところがアリの対戦相手は一戦目と同じ戦い方をしています。つまりアリは相手の強さを認めた上で、それに打ち克つ工夫をしたということです。「前の敗戦はたまたまだ。本当は俺のほうが強いはずだ」などと考えていたら、スタイルを変えるなどということはなかったはずです。

また、プロ野球のピッチャーでも、本当の名投手は抑えたときよりも打たれたときのことをよく覚えているといいます。「なぜあのとき、打たれたんだろう」と何度も頭のなかで繰り返していると、悪いイメージを植え付けてしまいそうですが、実際には、次に打たれなくなるそうです。逆に、「もう悪い過去を忘れよう」と思い、反省しないで終わると、結局、また魅入られたように、同じミスをしてしまいます。

金田正一と並んでプロ野球史上最高の左腕投手と呼ばれることもある江夏豊は、いいピッチャーの条件とはと訊《き》かれたときに「スピードとコントロール、そして記憶力」と語っています。江夏は現役時代、登板後にスコアブックを持ち帰ってその日の投球を最初から最後まで振り返り、どのバッターにどの球種のボールを投げたのか、すべて覚えるようにしていたといわれています。そして、同じ失敗を繰り返さないようにしていたのです。

このように、自分の投球とその結果をしっかり覚えることで、一流投手は何年も好成績を残すことができるようになるのです。我々も、人生の中で行なってきた「勝負」のデータベースをつくることができれば、徐々に同じ失敗をしなくなるようになるのではないでしょうか。

そのためには、自分の失敗や欠点、能力の不足をしっかり認めることが大前提になります。プライドの高い人は自分の失敗や能力不足を認めることはつらいでしょうが、周囲の人間はそのプライドの高さを残念に思っているものです。そんな人は、その失敗や能力不足をあえて人に話すように心がけてみてはいかがでしょう。さらに、その負けを笑い話にして話せるぐらいになれば、完璧です。次に同じ負け方をすることはなくなるはずです。

大東亜戦争、死者の大半は最後の一九四五年に亡くなった

さて、ここでこの本のテーマの「逃げる力」に入るわけですが、仕事などでも大きなダメージを負わないためには、傷口が小さいうちに負けを認めて、「逃げる」ことが重要です。

自分一人で初めての仕事に挑戦したとき、「このままではうまくいかない」と気付くことがあります。そんなとき、負けを素直に認められない人は、なかなか周囲の人に助けを求められないものです。やばいと思いながらも「怒られるのが嫌だから」と先送りにしたり、「まだできるかもしれない」とわずかな望みに賭けたりするわけですね。

しかし、助けを求めるのを先延ばししていると、ギリギリで「できない」ということになります。納期まで一日しかないときに助けを求められたら、周囲も迷惑するだけです。同僚が迷惑するだけなら良いですが、それが原因で、クライアントとの取引を切られてしまったら、取り返しがつきません。ですが、負けを早く認めていれば、周囲も余裕を持って助けてくれます。多少、予定通りにいかなくても、最悪の事態は免れることができるでしょう。

このように、負けるときに大切なことは、壊滅的なダメージを負わないことです。負けたとしても、ダメージを最小限に食い止めれば、何度でも巻き返すチャンスはあります。しかし、ダメージが甚大《じんだい》だと、回復に大きな時間を費やすことになります。

あまり良い例ではありませんが、大東亜戦争の日本は、残念ながら良い負け方とはいえませんでした。この戦争では、約三〇〇万人もの日本人が命を失いましたが、その死者の多くは、最後の一年で亡くなっています。また一般市民の死者のほとんども最後の半年に集中しています。一九四五年三月以降、たびたび行なわれた東京大空襲、四月〜六月の沖縄戦や八月の終戦間際の広島や長崎への原爆投下などで亡くなっているのです。その死者の数は七〇万人を超えています。

タラレバの話になりますが、もっと早く降伏し、一九四四年の秋ぐらいに終戦していれば、約二〇〇万人もの人が命を落とさずに済んだと言われています。一九四五年に入る頃には、すでに石油がほとんどなく、戦争の継続は不可能でしたから、そのときに負けを認めるべきでした。

日本人は、困難があっても、逃げずに立ち向かう「ネバーギブアップ」の精神を賞賛する傾向があると思います。確かに諦めないことも大切なことですし、立ち向かった日本兵の人たちは勇敢でしたが、ムチャな戦いを続ければ、甚大なダメージを受けることは少なくありません。勝っても負けてもいいから華々しく散ることが大切だというのでは、亡くなった兵士が浮かばれないでしょう。ですから、戦況によっては、早々と負けを認めて撤退し、隠忍自重《いんにんじちょう》、あるいは捲土重来の精神で、次につなげることも重要だと思います。

形勢不利のとき、強い碁打ちはどうするか

自分が負けを認めた時点で対局が終わる、碁《ご》や将棋などはいかがでしょうか。

私は碁が好きなのですが、本当に強い碁打ちは、形勢が悪くなったら辛抱して、チャンスを待ちます。形勢が不利であることを認めて、その上でいったん我慢するのです。

かつて七年連続名人となり、世界ナンバー1でもあった小林光一名誉棋聖などは、不利な状況になっても、焦って勝負手を打って負けを早めるようなことはしませんでした。

もちろん対局は自分が不利のまま続きます。そのまま相手が完璧な打ちまわしを見せれば負けです。ですが、人間というものは必ずミスをする生き物です。小林名誉棋聖は苦しい局面でも、「きっとチャンスが来る」と信じて打つというのです。大事なことは、その一瞬のチャンスを逃さないことだといいます。そのときに、一気に勝負をかける、と。これはかなりの精神力を要します。虎視眈々《こしたんたん》と相手のミスをじっと待ちながら、つらい形勢でも黙々と打ち続けるというのは、なかなかできることではありません。

弱い人は、一気に形成を挽回しようとして、一か八かの勝負に出ることがあります。そしてたいていの場合、この作戦は失敗し、結果的に敗北を早めてしまうことになります。

これは麻雀や競馬といったギャンブルでも同様です。負けが込んでくると、半ば自暴自棄になり、乾坤一擲《けんこんいってき》の勝負に出る人がいます。麻雀なら大きな手ばかり狙ったり、競馬なら大穴に大金を突っ込んだりするわけですが、こういったことをすると、十中八九、うまくいきません。

強いギャンブラーは、形勢が不利なときほどじっとガマンして、損失を最小限に食い止め、流れが来るのを待ちます。だから、トータルで見ると、勝つことができるのです。

私事になりますが、愚息は、なぜか三人麻雀が結構強いのです（関西は三人麻雀が主流です）。雀荘に行くと、たいてい勝って帰ります。「お前、なんでそんなに強いの？」と訊くと、「三人麻雀は、押し引きや」と答えました。

「よく技術とか読みとか言うけど、そんなもんはある程度のとこまでいったら大差ない。それよりも勝負所を見ることが大事や。ここは危険やけど勝負せなあかんというときは、勝負する。危ない牌《パイ》も気合で切る。逆に、ここは勝負したらあかんというときは、勝負しない。いい手でも降りる」

何とも単純な理屈です。愚息はさらにこう言いました。

「下手なやつは逆をやるんや。勝負したらあかんというときに勝負して、勝負せなあかんというときに逃げるんや」

まあ、バカ息子のバカ麻雀理論ですが、私はなんとなく人生もそんなものかもしれないなという気がしました。勝負するときには勝負する、逃げるときには逃げる――人生で勝利者になるのは、結局それができる人間かなという気がします。もっともバカ息子は麻雀には勝てても、人生の勝利者にはならないでしょうが。

織田信長の思い切った逃亡

世界の歴史を振り返ると、全国統一などで歴史に名を残した名将は、皆、向かうところ敵なしで、連戦連勝で天下を摑んだかというと、決してそうではありません。必ず何度かは命を落とすような危険な目に遭っています。ただ、その危地から逃れる術が長《た》けているのです。

戦国時代に覇を唱えた織田信長も、絶体絶命のピンチに見舞われています。信長の負け戦に、有名な「金ケ崎の戦い」があります。

一五六八年に京に入り、足利義昭を第十五代将軍に擁立した信長は、まさに飛ぶ鳥を落とす勢いで日本各地に進攻し、越前（現在の福井県）も勢力下に収めようとしました。信長は越前の大名である朝倉義景《あさくらよしかげ》に対してたびたび使者を送り、上洛するよう命じましたが、義景は応じませんでした。そこで一五七〇年、信長は越前への攻撃を開始します。

この越前出兵の三年前の一五六七年に、信長は妹のお市の方を北近江の浅井長政《あざいながまさ》に嫁がせていました。小谷城城主の浅井長政は朝倉家と深い関係にありましたが、この政略結婚で織田と同盟を結ぶことになりました。

織田信長・徳川家康連合軍は金ヶ崎城を攻略し、義景の本拠地に迫りました。しかしそのとき、信長は義弟の浅井長政が朝倉救援のために信長の背後を衝《つ》いたことを知ります。織田・徳川連合軍は挟み撃ちされる形になり、窮地《きゅうち》に陥りました。このとき信長は周囲が驚く行動に出ます。浅井裏切りの報せに接すると、たった一〇人ほどの家来とともに陣を脱出し、京に逃げ帰ったのです。この決断は見事です。ピンチに際し、プライドも見栄もかなぐり捨てて逃げるというのは、なかなかできることではありません。

「総大将である信長が一人逃亡してしまったという話の前に、家康にも置き去りにされた家臣団の間にも衝撃が走ったことは想像に難くない」と、笠谷和比古『徳川家康』（ミネルヴァ書房）は書いています。しかし、このときの信長の判断は実に的を射たものだったと言わざるを得ません。このときに一目散に逃げ出していなければ、挟み撃ちという絶体絶命の状況の中、信長は討ちとられてしまっていた可能性は高いといえます。

ちなみに、残った連合軍も全員退却することになりましたが、このとき連合軍の最後尾、いわゆるしんがりをつとめたのが木下藤吉郎、後の豊臣秀吉でした。このときの働きが高く評価され、秀吉は織田家中において頭角を現すことになりました。

秀吉はこのときのことが記憶に残っていたのでしょうか、のちに家来と議論していたとき、「信長の偉いところはどこか?」という質問に対し、「どんな負け戦になっても必ず生き残ってきたことが、あの方の一番偉いところだ」と答えたといいます。

罠にはまった徳川家康

徳川家康も、逃亡することでピンチを脱した経験をいくつか持っています。その代表的な例が、武田信玄との「三方ヶ原の戦い」です。

金ヶ崎の戦いの翌年の一五七一年頃、信長に不満をもった足利義昭が浅井、朝倉など各大名に呼びかけて、信長包囲網を形成しました。この信長包囲網に甲斐の武田信玄も参加します。一五七二年、信玄は徳川の支配下にあった遠江《とおとうみ》(現在の静岡県)に進攻し、家康軍と衝突します。武田の猛攻に対し、家康は浜松城に籠城《ろうじょう》してなんとか凌《しの》ごうとしました。

しかし信玄は家康が待つ浜松城を素通りし、三方ヶ原台地を目指すという動きを見せます。この意外な展開をみて、信玄に侮辱を受けたと思った家康は家臣の反対を押し切り、信玄を追撃することにしました。実はこれは信玄の思うつぼ。武田軍は三方ヶ原台地の高地で待ち構えており、面白いように家康軍を打ちのめしてしまいます。浜松城を素通りしたのは、家康軍を城からおびき出すための陽動作戦だったのです。

家康は討ち死に寸前まで至ったそうですが、身代わりを立てるなどして、なんとか浜松城に逃げ帰りました。

しかし浜松城で信玄を迎え撃つ戦力はありません。このとき、家康の取った作戦も見事です。すべての城門を開き、かがり火を焚《た》いて武田軍の攻撃を待ち受けたのです。もし武田軍が総攻撃してきたら、ひとたまりもありません。しかし武田軍は城が開け放たれていることに警戒心を抱き、城内に侵攻することなく引き揚げました。これは「空城の計」と呼ばれるものです。もし城を固めて徹底抗戦の構えを見せていたら、武田軍の猛攻を受けて、家康は討ち死にしていたかもしれません。この窮地で「空城の計」のような心理戦をしかけることができる、家康の冷静さと勇気は賞賛に値するものでしょう。

ちなみに、「このとき家康は、のちのちの戒めにするために自分の苦虫をかみつぶしたような表情を絵師に描かせた」という「顰《しかみ》像」のエピソードが有名です。ただ、これは家康の九男の徳川義直が父の悔しさを忘れないために描かせたという説もあるようです。

家康の逃亡といえば、一五八二年の「神君伊賀越え」も有名です。「本能寺の変」で信長が討たれたときのことです。当時、家康は信長に招かれて、三〇名程度の従者とともに畿内を見物していたそうで、明智光秀に命を狙われてしまいます。家康たちは、険しいが人目につきにくい伊賀の山を越えて、光秀の追手や、落ち武者狩りの民衆などの襲撃から逃げ切り、三河への帰還を果たしました。

この神君伊賀越えと、さきほどの三方ヶ原の戦い、さらに家臣団の裏切りにあった三河の国一向一揆の三つを「神君三大危難」と呼ぶそうです。あらゆるピンチを乗り切ってきた家康が亡くなったのは、最後の危機となった「大坂夏の陣」を乗り切った年の翌年、一六一六年のこと。享年七十五、当時としては異例の長寿に恵まれました。

劉邦を救った陳平の「金蟬脱殻の計」

九死に一生を得るという意味では、中国王朝の漢の高祖、劉邦のエピソードも有名です。

劉邦は始皇帝が建国した秦への反乱に参加して台頭し、やがて、同じく秦への反乱軍に加わった項羽と天下を争うことになります。しかし軍事的天才といわれた項羽には歯が立たず、九九戦戦って九九戦負けた、などといわれることもあります。しかし、いずれも、命まではとられることなく、必ず生き延びました。

なかでも大きなピンチを迎えたのは、前二〇四年のことでした。漢王劉邦の軍は項羽の治める西楚の都、彭城《ほうじょう》に迫ります。このとき、劉邦の軍勢はおよそ五六万人。当時楚王項羽は斉と交戦しており、劉邦は難なく彭城を制圧します。

そのことを聞いた項羽はすぐに斉を離れ、三万の精鋭部隊とともに彭城に戻ります。

油断していた漢軍は項羽軍にさんざんに打ち破られ、十数万人が殺されたといいます。たまらず劉邦は逃げ出し、滎陽《けいよう》で立て直しを図りました。そこで、食糧が尽き、窮地に陥ったのですが、軍師の陳平の提案を受け、将軍の紀信が劉邦の車に乗り、劉邦に扮して門から出て行って楚軍を欺《あざむ》くことを試みました。この「金蟬脱殻《きんせんだつかく》の計」によって、絶体絶命のピンチを逃れたのです。

劉邦はその二年後、「垓下《がいか》の戦い」で、初めて項羽を倒し、漢の皇帝の座につきました。もし、「金蟬脱殻の計」で大胆に逃げ出していなければ、中国史は大きく違っていたものになっていたかもしれません。

ちなみに垓下の戦いで負けた項羽は自害しましたが、後に唐の詩人杜牧《とぼく》がこれを悼んで「烏江亭《うこうてい》に題す」という詩を詠んでいます。

「勝敗は兵家《へいか》も事期せず　羞《はじ》を包み恥を忍ぶは是《これ》男児
江東の子弟才俊多し　捲土重来未だ知るべからず」

項羽は一時の恥を忍んで捲土重来を期すということを知らなかったと嘆いているのです。

項羽とは逆に、劉邦は逃げる恥を何とも思わなかったのです。このように、偉大な武将は、戦うことも得意ですが、逃げる技術も一流です。「三国志」では悪役として知られる曹操ですが、彼も逃げるのは非常に得意でした。結局、中国を統一したのは蜀《しょく》でも呉《ご》でもなく、曹操の率いる魏であったのも、ある意味、当然かもしれません。

世界で最も逃げるのが得意な華僑とユダヤ人

少し変わったことを言えば、世界のビジネス業界や金融業界で活躍する華僑《かきょう》やユダヤ人たちは、皆、逃げながら、たくましく生き抜いてきた人たちです。彼らはある土地で成功を収めても、決してそこに安住しようという気持ちはありません。というか常に、いざとなれば、その地を捨てて逃げる覚悟を持っている人たちです。だからこそ、彼らはどこに行こうと成功するのかもしれません。彼らを支えているのは実は「逃げる力」なのかもしれません。

そしてそんな彼らが最も自由に羽ばたける国はアメリカ合衆国です。しかしそれはある意味、当然です。なぜなら、敢えて極論すれば、アメリカ合衆国は、逃げてきた者たちが作った国だからです。アメリカの持つ、「何物にも縛られない自由な空気と進取の気性」というものは、実はそこに秘密があったのかもしれません。

その反対に、昔から農耕民族として土地に縛られてきた日本人は、逃げることがＤＮＡ的に苦手な民族かもしれません。しかし現代は江戸時代ではありません。もはやそんな古いＤＮＡは捨て去ってもいいのです。

一流の探検家が備える「退却する勇気」

「逃げる」能力が生死を分けるということでいえば、登山家や探検家も同じです。一流の登山家であればあるほど、「逃げること」の大切さを熟知し、常に生きて帰って来ます。

多額の資金をかけて何年も準備を重ねた上で登頂に挑み、何千メートルも登ってきて、数十メートル先に頂上があったとしても、「これ以上進んだら生きて帰れない」と感じたら、撤退するのです。極めて高度な精神力が必要な逃げ方です。

たとえば、アルピニストの野口健さんは、二十五歳のときに、エベレスト登頂に挑みました。野口さんはその前年もエベレスト登頂を目指したのですが、肋骨《ろっこつ》を痛め、体力を維持することもできず、標高七八〇〇メートルの地点まで登ったところで登頂を断念しました（エベレストは標高八八四八メートル）。それだけに野口さんは、この二度目の挑戦には期するものがありました。

当然のことながら、エベレストは何度も行けるような場所ではありません。登山パーミッション（許可料）だけでも莫大な金額で、チベット側から登る場合は約一万ドル、ネパール側から登る場合は七万ドルしたそうです。野口さんはこのとき、書類上、スペイン隊の一員としてもらい、一万ドルの割り当て分を彼らに支払うことにしました。これはあくまで書類上のことで、野口氏とスペイン隊は別々にテントを張り、別々に行動したそうです。

野口さんの体調は「自分でも信じられないくらい良かった」そうです。順調に標高八〇〇〇メートルの最終キャンプのサウス・コルに到着します。

しかし、さらに三時間ほど登った頃、猛吹雪が野口さんを襲います。野口さんは、そのときに同時に登っていたスペイン隊の隊員カルロス、ほか三人とともに標高八三五〇メートル地点で体を寄せ合いました。吹雪は一向にやむ気配がありません。シェルパは下山を促し、「ついさっきまで登頂を確信していた」野口さんも、ついに撤退を決意します。しかし、スペイン隊のカルロスは、野口さんの制止を振り切り、一人山頂を目指し出発してしまいました。

十数時間後、カルロスはサウス・コルに下りてきました。彼は「登頂した」と言ったそうですが、時間的にも、天候から言っても、それはあり得ないことでした。「おそらく標高八七五〇メートルの南峰にたどり着き、そこを山頂とかん違いしたのだ」と野口さんは書いています。そしてカルロスは大きな代償を払うことになりました。凍傷により、指七本を切り落とすはめになったのです。

翌年、野口さんはエベレストに三度目の挑戦。そして、見事登頂に成功し、七大陸最高峰最年少登頂記録を樹立（当時）したのです（以上、野口健『落ちこぼれてエベレスト』集英社文庫による）。

カルロスの挑戦は、やはり無謀といえるものでした。二度目の挑戦でも「撤退する勇気」を発揮できた野口さんは、その判断力があるために、アルピニストとして活躍できるのです。野口さんの凄さはそこにあるのではないかと思います。

敗北に慣れることも大切

これまで述べてきたように、人生のピンチに陥ったとき、致命傷を負わない判断を下すことが大変重要です。どんな人でも、人生一度ぐらいは「負け戦」があるものです。そのときの身の処し方でその後の人生が変わってきます。

そういうと、世の中には無敗と呼ばれる人がいるじゃないかと言う方もいますが、だいたい「無敗」と言われるような人は、実は勝てない戦いを避けているものです。

たとえば、剣豪の宮本武蔵は、生涯で負け無しなどと言われていますが、実は負けると思うような相手とは剣を交えなかったという話もあります。

また、かつて一時代を築いた総合格闘技のヒクソン・グレイシーは、「四〇〇戦無敗の男」として知られていましたが、実際には、戦えば負ける可能性があると見た相手とは絶対に戦わなかったといいます。

孫子は「彼を知り己を知らば、百戦して殆《あや》うからず」と言っていますが、敵と己の力量を正しく見積もった上で、敵の力のほうが上となれば、孫子なら当然、「戦ってはならない」と言ったでしょう。またまえがきで、『兵法三十六計』の「走為上」という言葉も紹介しました。これは勝てない相手とは戦うなということです。

私は、これはこれで一つの戦略だと思います。むやみに勝てるかどうかわからない戦いばかり重ねていては、人生のリスクが増えるだけです。ですが、こんなことができるのはごく一部の人間で、大多数の人は強者の後塵《こうじん》を拝し、悔しい思いをすることは避けられません。

そのことに関して、一つ懸念していることがあります。いま、成長の過程で他人と競争をするという経験に乏しく、負けることに慣れていない若者が増えているのではないでしょうか。

脳科学者の中野信子さんによれば、もともと、日本人は、脳科学的に争いを好まない民族だそうです。だから、勝ち負けを決する経験を避ける傾向があるようですが、さらに最近は、それに、「負ける経験をさせない」学校教育の問題も加わってきています。

かつて、小学校の通信簿は、相対評価でしたが、現在は絶対評価が一般的です。つまり、クラス全員が5をもらえる可能性があるのです。やる気を高めることが目的だそうですが、これでは、1や2をとったときの悔しさが味わえません。

また、運動会の徒競走で順位をつけない学校や、徒競走そのものを廃止している学校もある、と聞きます。これも運動能力で子供たちに劣等感を感じさせないためであるようです。個人の差が見えにくいように、クラス全員リレーのようにする学校もあるようですね。

そうした教育の影響からか、最近は、「負けるのが嫌だから」と勝ち負けが決することに挑戦しない人が増えているようです。いまは簡単にクリアできるゲームが人気なのだそうですが、それも「負けるのが嫌」ということから来ているのかもしれません。

しかし、負ける経験を積んでいないと、敗北と向き合うことができなくなります。たった一度の負けにショックを受けてひきこもってしまったり、取り乱したりするのです。たとえば、女性にふられてストーカーになってしまう人は、フラれた経験が少ない人ではないでしょうか。私などは山のようにフラれた経験があり、そのたびに絶望的な気分になって落ち込みましたが、すぐに立ち直り、別の恋をさがしたものでした。

負けることは誰でも嫌なものです。しかし、負ける経験がなければ、何も学ぶことができませんし、負けにへこたれない精神力も身につきません。「負け犬根性」がつくのは問題ですが、負けることに対する免疫はつけておくに越したことはありません。

それに現代では「勝負」といっても、負ければ命を取られる剣の戦いなどはありません。徒競走やテストで負けたくらい、全然どうということはありません。異性にふられることも同様です。そんな負けは若いうちにたくさん経験しておくことです。そうすれば、「負ける」ということに免疫力がつきます。

自慢じゃありませんが、私などは子供の頃から何をやっても負けばかりでしたから、「負ける」ことは屁とも思いません。ただ、上手く逃げることは苦手でした。負けるとわかっていても何度も勝負を挑み、痛い目に遭ってきました。人生の要領はいたって悪い男でした。

しかし五十歳を超えて、人生の優先順位を考えるようになりました。負けてもいい勝負はあっさりと捨て、大事な勝負に賭ける——その呼吸が少しだけわかってくるようになりました。とはいえ、まだまだ達人の域には達しません。六十歳を超えた今も、無駄な勝負をして、よく痛い目に遭っています。何とか七十歳までには「逃げる達人」になりたいと思っています。

第三章 会社や仕事から逃げる

ヤバいのは、ブラック企業だけじゃない

「何から逃げ出したいか？」と聞かれたとき、多くの人が挙げるのは、「会社」や「仕事」ではないでしょうか。

第一章で大手広告代理店社員の話をしましたが、現実には、そこまでのケースでなくとも、会社で疲弊《ひへい》し、壊れかけている人は決して少なくないでしょう。

最近は、どの業界でも企業間の競争が激しくなっている、と聞きます。主な理由としては、グローバル化によって海外企業と戦わなければならなくなったこと。また、IT化によって技術の進歩やサービスの模倣などのスピードが格段に上がり、そこについていかないと時代に取り残されてしまうこと、などが挙げられます。

このような状況から、どの会社も、経営に余裕がなくなっています。数字だけ見ると過去最高益を出して絶好調のように見えますが、その実、経費を必死で削減することで、利益を絞り出している会社はいくらでもあります。人件費を減らすために、欠員が出ても追加で雇うことはしないで、残った人だけで仕事を回している、という話もよく

聞きます。

そうなると、辛い思いをするのは、残された従業員たちです。人は減っても、職場の仕事量は減りません。さらに、「新規事業を考えてほしい」などと他の仕事も求められるようになったという人も少なからずいます。いずれにしても、一人あたりがこなさなければならない仕事量は、格段に増えています。

一方で、最近は、国が長時間労働の是正に動き出していることから、どの会社も残業に厳しくなっています。仕事量が増えているのに、残業時間が限られているとなると、生産性を上げなければ仕事が終わりません。しかし、日本のビジネスパーソンはマジメですから、ほとんどの企業ではすでに仕事の効率化は十分に行なっています。つまり、飛躍的に生産性を上げるなどというのは無理な相談というわけです。

そこで、多くの人が行なっているのが、こっそり長時間働くこと。仕事を持ち帰って、自宅で残りをやっているという人は読者の中にもたくさんいるのではないでしょうか。夜に喫茶店の前を通りかかると、ノートパソコンの画面をにらみながら、仕事をしているビジネスパーソンをよく見かけます。また、早朝に出社して、朝に「残業」をしている人も多いようです。

また、管理職が仕事を一手に引き受けていることも多いようです。管理職は、労働時間の上限を定めた36（サブロク）協定から外れているので、残業を青天井におこなっても、罰せられることはありません。だから、仕方なく引き受けている人が多いようです。部下の指導や会議などで日中の時間をとられますから、仕事にとりかかれるのは夜か早朝だけ。当然、労働時間は山ほど増えていきます。

仮に残業がなかったとしても、仕事のメールは、早朝も深夜も、こちらの都合おかまいなしに飛び込んできます。プライベートの時間には対応したくないところですが、緊急の用事のこともありますから、どうしてもチェックせざるを得ません。ある調査によれば、せっかくの休みも、二二％の日本人が「休暇中でも一日中仕事のメールをチェックする」そうです。二〇一七年、フランスでは勤務時間外のメールを読まない権利を保障する法律が施行されましたが、日本にはそうした法律がありませんから、メールをとめることはできません。

……書いているだけで疲れてきました。これでは一日中、ホッと一息つける時間がありません。体も心も疲弊してくるのが当たり前でしょう。仕事に対して真摯に向き合っているマジメな人ほど、疲労とストレスをためこんでしまいます。

顔がげっそりして、覇気《はき》のない表情。はたから見ると、明らかに仕事に押しつぶされそうになっているのに、「自分は大丈夫」と言う人もいます。内心、ちょっと異変を感じているにもかかわらず、「俺はうつなんかになるはずがない」という思い込みがあるのです。

しかし、自分を過信しすぎるのは危険です。ストレスを我慢しすぎると、誰でもどこかに不調がくるものです。うつ病になるタイプの人もいれば、胃潰瘍《いかいよう》や不整脈、過敏性腸症候群、突発性難聴などになる人もいます。最悪の場合、突発死になるということもあります。うつとノイローゼで、自ら命を絶ってしまう人もいます。

このようなことは、何もブラック企業でなくても、多くの企業でも珍しくないというのですから、極めて異常な事態ともいえます。

簡単に逃げ出せたら苦労はない。が……

繰り返しになりますが、もしこのような労働環境に置かれていて、「もう限界だ！」と感じている人がいたら、一刻も早く職場から逃げ出すことをすすめます。体や心を壊してしまい、働けなくなってしまったら、元も子もありません。

職を失ったとしても、元気で生きているほうがはるかに良い。生きていれば、必ず何か浮上するチャンスはあります。

とはいえ、「そんなに簡単に逃げ出せたら、苦労はない」と反論する人もいるでしょう。

今の仕事から逃げ出せば、まず収入がなくなります。他の会社に転職すれば給料が下がることもあるでしょう。多額の住宅ローンや教育費を抱えている場合は、死活問題です。

転職先がホワイトな職場とは限りません。むしろもっとキツイ可能性もあります。新しい仕事を覚え直し、新たな人間関係をつくるだけでも大変なのに、仕事もキツイとなったら、たまりません。とくに、三十代～四十代になると、転職先の選択肢も減ってきますから、おいしい仕事にありつけるなどということは、考えにくいことです。

また辞めるに際しても、「自分がいなくなれば、残された会社の同僚や部下たちは、もっと苦しい状況に追い込まれるかもしれない」などと考えると、責任感のある人ほど、簡単に踏ん切りがつきません。

人によっては、出世街道を走っているので、ここで辞めたらもったいないという人もいるかもしれません。会社を辞めたら、ここまで十年、二十年と苦労して、登りつめてきたのがパーになりますから、到底受け入れられないというわけです。

このような主張を聞くと、苦しんでいるビジネスパーソンのほうが「簡単に逃げ出すわけにはいかない」と言うのもうなずけます。ことはそう単純ではなさそうです。

ただ私には、凝《こ》り固まった固定観念によって、自分で自分を縛り付けているだけのような気もします。その固定観念を見直せば、実は逃げ出しても、まったく問題がないことに気付き、心が楽になるのではないかと思うのです。

「レールから外れたら終わり」が、逃げ道をふさぐ

会社から逃げ出すことを阻んでいる固定観念とは何か。

その一つは、「レールから外れたら終わり」だと思い込んでいることです。

「レール」には、「特急列車のレール」と「普通列車のレール」の二種類があります。

「特急列車のレール」とは、小さな頃から勉強をして優秀な学校を卒業し、一流と呼ばれる企業や中央官庁に就職して、出世コースをひた走っている特急列車のレールです。

一方、「普通列車のレール」とは、ごく平均的な学歴で、普通の会社に就職し、定年まで暮らすという普通列車のレールです。

このうち、とくに「レールから外れたら終わり」という感覚を強く持っているのは、前者の特急列車のレールを走っている人です。

特急列車のタイプの人は、「自分はこういう人生を歩むんだ」という人生の設計図を明確にこしらえているのではないかと思います。そして、その設計図どおりの人生を歩むために、必死で努力をしてきたことでしょう。普通列車のレールをのんびり走ってい

る人を見て、「私はのんびりしたい気持ちを押し殺して、一所懸命頑張ってきた」という自負もあるでしょうし、「私は特別だ！」という意識も少なからず持っていることでしょう。

ただ、人生を賭けてレールを走ってきただけに、レールから少しでも外れそうになることを、非常に恐れてもいます。仮に脱線したら——たとえば会社を辞めたり、出世コースから外れたり——その先の人生は価値がない、と絶望してしまうのです。

その一つの例が、かつての大蔵省（今の財務省）の官僚です。

今はそうでもありませんが、昔は大蔵官僚といえば、日本で一番のエリートとされていました。東大法学部から国家公務員上級試験をトップクラス（上位一〇人くらい）で合格したような人たちが、大蔵省に集まっていました。

ところが、この大蔵官僚の自殺率が高かったといわれています。「自殺の大蔵、汚職の通産、不倫の外務」という言葉があったほどです。

大蔵官僚の自殺率が高いのは激務ゆえにノイローゼになるということもあるようですが、「過酷な出世競争に負けたから」という理由もあるようです。大蔵官僚の出世のゴールは事務次官であり、そこまで行けば勝ちですが、そこまでたどり着けない人は、銀行などに出向させられることになるわけです。

出向なんて、世間の多くの人たちが経験していることですが、大蔵官僚にとっては大変ショックな出来事です。なにしろこれまでの人生で負けたことがなかったわけですから。大蔵官僚になるような若者は、小学校からずば抜けて成績がよく、優等生ばかりが集められた超進学校でもトップクラスで、東大でもトップクラス——要するに勉強では他人に負けたことがない人ばかりです。自分が他人よりも劣るなどということは想像したこともないでしょう。

そんな人間が仕事で同期に敗れたとなれば、そのショックは私たちには及びもつかないほど大きなものがあります。「自分の能力が同期の人間より劣った。とても我慢ができない！」と大きな挫折感と屈辱感を味わう人がいても不思議ではありません。かつて大蔵官僚の自殺率が高かったのは、その挫折感に耐えられない人が少なくなかったからかもしれません。

数年前にヒットした人気ドラマの『半沢直樹』でも、主人公の友人・近藤直弼が、メガバンクから電機メーカーに出向という名の左遷に遭って、死ぬほど落ち込むシーンがあります。黒い液体がポタポタ垂れるような映像が挿入されて、近藤の「俺の人生もうボロボロ、絶望」という気持ちを表現していました。

しかし、彼にとっては左遷先の職場は人生の墓場のようなところかもしれませんが、元からそこで働いている社員にとっては、普通の会社です。その職場で機嫌よく働いている人だって大勢いるでしょう。にもかかわらず、「そんな会社に行くなんて絶望だ」などと考えるのは、傲慢《ごうまん》ですし、おかしな話です。結局、彼は、「特急列車のレールから外れたら終わり」と考えているから、そういう見方をしてしまっていたのでしょう。

しかし、これまで血のにじむ努力を積み重ねてきたとしても、「特急列車のレールから外れたら、もう終わり」などと言って、命を絶ったり、自暴自棄になったりするのは、非常にもったいないことだと思います。人生を豊かに過ごせる設計図は無数にあるからです。

また、設計図は途中でいくらでも書き変えることができます。いってみれば、人生は、電車ではなく、オフロードの車のようなもの。一本のレールの上を走る必要はなく、いろんな道を走って良いし、岩場や沼地にも行って良い。少し回り道をしたっていいわけです。

にもかかわらず、それに気付けないのは、「設計図は一つしかない」「ドロップアウトすることは恥ずかしいこと」と自分で自分を追い込んできたからです。安易なほうに流れず、脇目も振らず努力をするために、そう自分に言い聞かせてきたからではないでしょうか。

さらにいえば、「人生はこうあらねばならない！」という思い込みは、本当に自分自身が生み出したものなのでしょうか。精神科医の岡田尊司氏は、『生きるための哲学』（河出文庫）の中でこういっています。

そもそも「かくあるべき」理想像というものは、知らず知らず親から植えつけられたものであることも多い。親に反発しながらも、親の価値観や理想にとらわれ続け、支配を脱せられないということも少なくない。

今、自分の中で「こうあらねばならない」というイメージと現実のギャップに悩んでいるという自覚のある方は、一度その価値観がどのようにして生まれてきたものなのか、考えてみてもよいかもしれません。そして、本当に大切なことを守るためなら、その価値観を捨てることもできると思えるようになったら、精神的に楽になるのではないでしょうか。

失いたくないものの価値を考える

一方、「普通列車のレールから外れたくない」と考えている人は、特急列車の人とは少し捉え方が違うようです。

こちらのパターンの人は、まず、「今まで築き上げてきたものを失うのが惜しい」という気持ちがあるのではないかと思います。これも一種のサンクコストです。

たとえば、会社勤めの人の場合は、不満はあるけれども、それなりに居心地がよく、給料もそこそこもらえる職場や、築き上げてきた地位を捨てるのは怖いと言います。

また、公務員の人なら、一所懸命勉強して公務員試験に通って得た、景気に左右されない安定した職場、世間的な地位などを失うのが惜しいというわけです。

長年、非正規雇用で働いてきた末、ようやく正社員になれた人は、正社員という地位を手放したくはないでしょう。もう一度、非正規に戻れば、再び安定しない生活が始まると思うと、是が非でもしがみつきたいと思うはずです。

たしかに、せっかく築き上げたものをあっさり手放すのはもったいないと思うかもしれません。しかし、そうした人には、一つ、客観的に考えてみてほしいことがあります。それは、「失うことを恐れているモノは、本当にそんなに大事なモノなのか」ということです。

よくよく考えてみると、失いたくないと考えているモノは、意外とたいしたことはないモノが多いものです。

たとえば、長年勤めてきた職場ですが、そこそこの給料がもらえているといっても、何年先も同じようにもらえているとは限りません。自分が頑張っていても、その会社の経営が傾けば、給料が激減するかもしれません。それに、居心地が良いといっても、異動や転勤、リストラ、パワハラ上司の着任、他社との合併などによって、居心地の良い環境が失われることもあります。同じ環境がずっと続くとは限らないのです。

一方、公務員は安定しているかもしれませんが、警察や消防や自衛隊などは別にして、事務系の仕事の多くはルーティンワークで、民間企業のような面白みに欠けます。また冒険もできません。飛び出して起業すれば、自分の能力が開かれていく可能性も十分にあります。

正社員の座を守りたいという人は、他に正社員の雇用がないかどうか、一度見てみてはいかがでしょうか。従業員三〇〇人未満の大卒者の求人倍率（求職者数に対する求人）はここ数年三・二六倍～六・四五倍で推移するなど、中小企業では人不足が顕著になっています。その中には、いまお勤めの会社よりも働きやすい会社がたくさんあるかもしれません。

そもそも、失うことを恐れている人は、「他社に行ったら、今よりも悪い環境になる」と思っているようですが、もっと働きやすく、やりがいのある職場に行き着けるかもしれません。だから、飛び出してみると、「失っても、たいしたことはなかった」ということは少なくないのです。

普通列車のレールから外れたくない人は、「今の会社の外に出て、自分がやっていけるのかどうか不安」というように、自信のなさから来る恐怖を抱えている人もいるでしょう。

不思議なのは、会社の経営が傾いているのに、「自信がないから」と会社を辞めることをためらっている人もいることです。

これは、海のど真ん中で沈みかけた船に、いつまでもしがみついているようなものです。もしかしたら、「沈みかけていても、何のあてもない大海に飛び込むよりはマシ」と考えているのかもしれません。

しかし、沈みゆく船にしがみついても、溺れるのが先延ばしになるだけです。現実の海なら、海上保安庁や自衛隊が助けに来てくれるかもしれませんが、社会の「海」では誰も助けに来てくれません。「俺はこの船と運命を共にする」「とにかくできるだけベストを尽くすんだ」と言って、沈みそうな船の中でひたすら浸水箇所を修復したり、破れた帆を修復したりするなら話はわかりますが、ただ船べりにしがみついているだけでは何も解決しません。

面白いことに、会社が倒産して職を失った人の多くは、精神的には以前よりも強くなった人が多いようです。

それまで「会社の外に出るのが不安」と思っていた人も、倒産ならば否応なく会社の外に放り出されます。船が沈没して海に放り出されるようなものでしょうか。すると、人は必死で泳ぎます。自分からはとても怖くて海に飛び込めなかったのに、船が沈めば、泳ぐしかなく、またそれでちゃんと泳げるのです。

人間というものは、与えられた環境に順応していく能力があります。どんな荒波でも、結構やっていけたりするものです。しかしマストや船べりにしがみついている人は、自分でそれができないと無意識に思い込んでいるのです。こういうタイプの人は、それこそ、一回、思い切って海に飛び込むことをおすすめします。そうすると、きっと、「なぜ、俺は、あの会社で我慢していたのだろう」と思うことでしょう。隠された自分の可能性に、早く気付いてみたくありませんか。

もっとも私はやみくもに転職をすすめているわけではありません。あくまで、今いる会社において、仕事や人間関係で大きなストレスを抱えて苦しんでいる人に向けて言っています。

そして、挑戦するなら早いほうが良いでしょう。年を取るにつれて、新しいことを始めるのが億劫《おっくう》になるし、求人も減っていくからです。船べりにしがみついている時間が長ければ長いほど、変われるチャンスは小さくなります。

現実には、挑戦することも会社に居続けることも、どちらも選ばず、結局、流れに身を任せるという人が多いかもしれません。しかし、それは、結局、人生の選択を他人に任せてしまうようなものです。定年退職をしてから、自分で選択しなかったことを後悔したくなければ、ぜひ一歩を踏み出すべきです。

レールから脱線したときに、レールの外を走れることに気がつくのです。そして自分に自信がつけば、沼地でも岩場でも走ろうという意欲が湧いてきます。

レールから外れた私の人生

ちなみに、私自身はどうだったかというと、学生時代から、まるっきりレールから外れた人生を送ってきました。

高校の時点から県内でも最も偏差値の低い高校に行っていましたし、浪人中に中学の勉強からやり直して、なんとか合格した大学も、五年間も通ったあげく、単位が半分ぐらいしか取れなくて、中退してしまいました。そのとき、学生時代に何度も出演した視聴者参加のテレビ番組のディレクターが、「することがないなら、放送作家をやらないか？」と声をかけてくれたのです。

放送作家といっても、週に一回企画会議に出て、アイデアを出せばいいというだけのものでした。夏などはだらしない格好で、スリッパ履きで放送局に行っていました。放送局の前のホテルで、休憩中にコーヒーを飲みに行ったら、「スリッパはお断りです、どうしても入りたいならこの靴に履き替えてください」とホテルの人に怒られたりしていました。まともな社会人とはいえません。また私自身も、「こんなのはまともな仕事じゃない。いずれ正業につかなければあかん」と思ってやっていました。自覚も責任感もなにもないひどい男でした。

また経験もない青二才の若造のくせに、二十歳も年の離れたディレクターやプロデューサーに向かって、「そんな企画おもんないわ」などと言っていたので、滅茶苦茶嫌われて、次々に番組をクビになっていました。またテレビの仕事がそれほど好きでもなかったから、適当にやっていたというのもあります。恥ずかしながら、結婚してからもずっと妻のほうが収入が上でした。

私が真剣に働くようになったのは、妻が子供を産んで仕事を休職してからです。家族を養うためにようやく真面目に放送作家の仕事に取り組むようになったのです。三十五歳くらいから十年間は自分で言うのもなんですが、一所懸命に仕事をしました。ただ、気に入らない仕事はすぐに辞めてしまうのは変りませんでした。

しかしその反動があったのか、四十五歳くらいから、仕事に情熱を失いかけました。数年間、半分惰性のように仕事をしていましたが、五十歳を迎える直前、初めて自分の人生を見直しました。そのとき、「これまで一度も自分が選んだ人生を生きてこなかった」と気付いて愕然《がくぜん》としました。それで、何か新しいことに挑戦したいと考え、放送作家の仕事を減らして、小説『永遠の0』を書き始めました。そして幸運にも出版することができ、その後は小説家として生活するようになりました。

特急列車のレールには乗れず、まともな設計図も持たないような人生でしたが、何とかここまでやってくることができました。とくに仕事で苦しんだことはありません。放送作家時代も決してそれにしがみつく生き方はしてきませんでした。この仕事を一生やっていく気はありませんでした。そんな姿勢だから、逆に肩の力を抜いて仕事が続けられたのかもしれません。

人生の設計図を持たないという考えは、もしかすると、父に似たのかもしれません。家が貧しかった父は高等小学校を卒業して十四歳で働きにいきました。そして働きながら夜間中学を出ましたが、二十歳で徴兵されて戦争に行きました。運よく命を長らえて戻ってきましたが、戦前に働いていた会社はとっくになく、戦後はいろんな仕事を転々としていました。私が生まれたときは、大阪市の水道局の臨時職員でした。

父は「こう生きねばいけない」というような設計図は持っていませんでしたが、一生金には恵まれない貧乏暮らしながら、楽しそうに暮らしていましたし、晩年には「良い人生だった」と言っていました。私に対しても、設計図にはめるような育て方はしてきませんでした。だから、私もレールから外れても、なんとも思わなかったのでしょう。今となっては感謝しています。

その影響か、私も、自分の子供に対して「この学校に行きなさい」「こんな仕事に就きなさい」などと言ったことはありません。ただ「しっかり働きなさい」と言ったくらいです。

夢が大きすぎると、夢に食い殺される

「人生のレールから外れると、絶望を感じてしまう」のは、もしかすると、夢の持ち方にも問題があるということも考えられます。

「夢を持て」とよくいわれますが、そのことは、私も大いに賛成です。夢がないと生きるエネルギーは生まれません。

夢を持つということは、現代の先進国の人間に与えられた大変な特権です。昔の人は、夢なんて持ちたくても持てませんでした。たとえば、三百年前の江戸時代の百姓が「富と名声を手に入れたい」「スポーツや芸術で活躍したい」といった夢を持つことは絶対にできません。いや、百姓以外の仕事をしたいということさえ叶わなかったのです。百姓が親の人生を超えるためにできることは、せいぜい、新たな技術を導入するなどに

よって農作物の収穫を増やしたり、開墾して新たに土地を獲得したりすることぐらいでした。

次男や三男に生まれたら大変です。別の百姓の婿養子になることが叶わなければ、どこかの百姓の下男になるしか生きる道は残されていませんでした。

こんな時代の夢というものは、せいぜい「たくさんおまんま食えたらいいな」とか、「長生きできたらいいな」というぐらいでしょう。

現代でも、発展途上国に住む人には同じことがいえます。戦争や内乱、あるいは飢餓に苦しめられる国などに生まれたら、将来の夢どころか、「自分はいくつまで生きられるだろう？」「明日も生きられるだろうか？」という人が大半ではないでしょうか。こういう人たちにとっては、生きること自体が夢です。

日本でも、七十年前の戦時中は、男子の場合は三十歳まで生きられるかどうかすらわかりませんでした。大学生ですら、神風特攻隊として命を落としていったわけで、赤紙（召集令状）が来たら、拒否できないわけです。ビルマやニューギニア、あるいは南太平洋の激戦地に送られれば、あとは「生きて祖国の地を踏む」ことだけが唯一の「夢」

だったでしょう。

そう考えると、現代人は「満足に生きられる」ことが当たり前の世界にいて、夢が持てるのですから、こんな素晴らしい特権はありません。

しかし、場合によっては、夢は、「両刃の剣」にもなります。夢が大きすぎると、その夢に食い殺されることがあるのです。

目標を高く掲げすぎると、「それが達成できない人生は、意味がない」と考えてしまい、「達成できないと自分は生きている価値がない」などと絶望してしまうのですね。夢や目標は大きければ大きいほど、それと同じぐらいの絶望がカウンターとして襲ってくることがあるわけです。前に言った「特急列車に乗った者の悲劇」にも通じます。

以前、大学の心理学の先生から聞いたのですが、人間は必ず理想とする自分、「こういう自分でありたい」という自分を持っているそうです。社会的地位、他人が自分のことをどう思っているか、などを含めた理想の自分を持っているのですね。

ただ現実は、ほとんどの場合、自分が描いている理想の自分と現実の自分は乖離《かいり》しているのですが、その乖離が大きすぎる状態が長く続くと、心が壊れてしまうのだそうです。理想が高すぎると、なかなか到達しないので、「自分は能力がない」「努力不足だ」などと思い込んでしまい、どんどん自己嫌悪に陥っていくからです。つまり、自分の理想と夢に、押しつぶされていくのです。

自分の理想に自分の心を殺されるなんて、自爆行為。馬鹿馬鹿しいことです。

そう考えると、私は、夢や目標は適度な大きさにしたほうが良いと思います。

大きな夢を持つことは素晴らしいですが、それがあまりにも途方もないものだと、努力しようという気さえ起こりません。誇大妄想を持ったところで、妄想で終わるだけです。だからまずは、少しがんばれば達成可能な程度の夢を持つことが大事です。それを達成すれば、また新たな夢（目標）を持てばいいのです。そして不断の努力をする人は、いつか大きな夢を達成します。

こんな小さな夢なんて抱いても、と思うかもしれませんが、夢はだんだんと大きくなるものです。だから、最初は小さな夢でも良いと思います。

「責任感が強いから逃げなかった」は言い訳

ハードな職場から逃げ出せずに、心身を病んでしまったのは、「仕事に対する責任感が強かったから」という話も、よく聞かれます。

「ここで自分が抜けたら、残った人たちに迷惑がかかる」とか、「やりかけた仕事を、途中で投げ出すわけにはいかない」などと考えた結果、心身が壊れるまで、頑張って働いてしまったというわけです。

日本人はマジメですから、こういうタイプの人は多いのではないかと思います。同僚に気を遣って、有給休暇を取らない人も少なくありません。

旅行サイト「エクスペディア・ジャパン」によりますと、日本人の有給休暇（有休）消化率が二年連続で世界最下位となったそうです。普通に考えれば、休んでも給料はもらえるという労働者にとって都合のいいシステムは利用しなければ損となるはずですが、日本人は平均有休支給日数二十日に対して消化日数は十日と半分しか使っていないそうです。仕事をしなくても良い日を、みすみす十日も余分に働いているのです。その使わない理由で多かったのは、「人手不足で自分が休むと仕事が滞って会社に迷惑が掛かる」ことと、「職場の同僚が休んでいない」こと。みんなが働いているのに自分だけ休むのは申し訳ないと考えてしまうわけですね。有休消化に「罪悪感がある」と考える日本人が六割以上もいるといいます。

このように、自由にとれるはずの有給休暇ですら取らないのですから、辞めることなどもってのほかです。

こう聞くと、倒れるまで働いた人に同情する人は多いかもしれません。

しかし冷静に分析してみたら、実は上司や同僚に「嫌われたくない」という感情が根本にあるというケースも少なくないのではないでしょうか。

おそらく、自分が辞めたり休みを取ることで、「こんなことされたら困るよ」と上司から非難されることや、「あいつが逃げたせいで、俺が仕事のフォローをさせられた。えらい目にあった」と同僚から恨まれることを恐れていたのだと思います。だから、辛い状況でも我慢してしまい、一人で仕事を抱え込むことで、無理をしてしまったのでしょう。

このような「嫌われたくない」という気質は、日本人が強く持っている気質なのだと思います。何年か前に『嫌われる勇気』という本がベストセラーになりましたが、やはり「嫌われたくない」人が多いからでしょう。

しかし、この「嫌われたくない」という感情には注意が必要です。この感情は、しばしば自らを蝕《むしば》んでしまうのです。

それに、倒れるまで働いた人に対して、周囲の人が高く評価してくれるかというと、残念ながらそんなことはありません。一応、嫌われないかもしれませんが、「倒れる前に、誰かに助けを求めれば、こんなことにならなかったのに……」「適度に手を抜くことができなかったんだな」という評価になることもあります。「働き方改革」が唱えられ、今は仕事に生産性を求められる時代になり、以前より「要領の良さ」が求められる時代になりました。仕事で倒れたとしても、それが必ずしも高評価にはつながらないのです。

自分や家族の身になって考えれば、体を壊すまで頑張ることに、メリットなど一つもありません。それに気付けないのは、視野狭窄《きょうさく》に陥り、「目の前の人を怒らせない」という目先のことしか考えられなくなっているからです。

長年一緒に仕事をしてきたとしても、嫌われたくない相手は、しょせん他人。他人を泣かせたくないからと気遣って、家族や親兄弟を泣かしたら本末転倒です。

自分や家族を傷つけないためには、自分のそんな気持ちに気付くことが必要です。「俺が辞めた後、残った人が苦労したとしても、自分や家族を守るためならやむを得ない」。そう強く思える精神力をつけることも必要でしょう。

ブラック企業を辞められない理由

入社した企業がまさかのブラック企業だったということで苦しんでいるという人もいるかと思います。

今野晴貴著『ブラック企業』『ブラック企業2』（ともに文春新書）には、ブラック企業の例が多数紹介されています。

「使えない」と見なした社員に「人間として根本的におかしいから感謝の気持ちから考える必要がある」「コンプレックス、自分史を書いて来い」といった人格攻撃を行なって自己都合退職に追い込むケース、長時間労働による睡眠不足で居眠り運転が日常的に起こっている不動産営業のケース、八カ月間で休みは二日だけ、計一三五五時間残業し、さらに上司からの暴言や暴行、恫喝《どうかつ》にも苦しみ自殺してしまったステーキ店の店員のケースなど、非常に痛ましい事例が列挙されています。

ブラック企業には「使えない」と判断した社員を自己都合退職に追い込んでいくケースと、とことん社員を悪条件で働かせるケースがありますが、後者の場合、なぜ社員は退職しないのでしょうか。はた目からみると、そんな企業からさっさと逃げたらいいのにと思えますが、そこにはブラック企業ならではの巧妙な心理操作があるようです。

前出の『ブラック企業2』は、社員がブラック企業を辞められない理由を、企業側が社員を異常な精神状態に追い込むためだとしています。

まず、毎日のように業績ノルマを課すことによって、社員にとってはそれだけが日々の価値観になっていきます。「顧客のため」の論理を越えた、ブラック企業の論理に、人格そのものが引きずり込まれます。さらに、長時間労働によって仕事以外のことが考えられなくなり、そこに精神的な圧迫が加わることでいわば「心神の喪失状態」に陥ります。そして、「辞める」ということに思考が及ばない状態になってしまうのです。

これは、まさに判断力が欠如している状態といえるでしょう。

動物の例にたとえると、これは、クジャクに首を差し出すシチメンチョウに似ています。

オーストリアの動物行動学者コンラート・ローレンツの『ソロモンの指環』（日高敏隆訳、ハヤカワノンフィクション文庫）によると、シチメンチョウはシチメンチョウ同士で戦ったとき、「自分の形勢が不利」と感じると、突然、地上に腹ばいになって、長々と首をのばすそうです。つまり無防備な体勢になるのですね。すると、勝ったほうは、これ以上攻撃しなくなり、威嚇《いかく》姿勢をとったまま、横たわった鳥のまわりをただ歩きまわるだけになるといいます（ちなみにイヌやオオカミも、喧嘩《けんか》で劣勢になったほうは、頭を垂れ首筋を無防備のまま敵の前にさらし、勝ったほうのオオカミやイヌは、決して首にかみつかない、という習性があるそうです）。

シチメンチョウは同じことをクジャクに対しても行ないます。類縁が近いため、シチメンチョウとクジャクが戦うこともあるそうなのですが、クジャクのほうが大きくて体重も重いので、ほとんどシチメンチョウが負けてしまいます。負けたと思ったシチメンチョウは、やはり無防備な体勢で横たわります。

ところがクジャクは「相手が降伏のポーズをとったら攻撃してはいけない」というシチメンチョウの間での暗黙のルールを知らないので、無防備なシチメンチョウを叩きのめしてしまうそうです。

ブラック企業に勤めている人は、このシチメンチョウのように、ノーガードで殴られまくることになるのです。

そうした心理状態に追い込まれる前に、視野を広くとって、おかしいことはおかしいと思えることが大切です。

さらに、大内裕和・今野晴貴著の『ブラックバイト〔増補版〕』（堀之内出版）は、学生が不当なアルバイトを辞められない理由として「彼ら（アルバイト）の存在なしには店舗を開店することもできない飲食店や小売店」の存在など、アルバイトの責任が過剰に重くなっていることをその一因としていますが、下記のような象徴的な学生の声を紹介しています。

むしろDさんを仕事に縛り付けていたのは、店と仲間への責任感だった。自分が急に抜けたら「同じ職場で仲の良いほかの学生たちにシフトが押しつけられてしまう」、「もしかしたら入れる人が見つからなくて店が回らなくなってしまうかもしれない」という懸念がいつも先んじたのだ。だから辞められもせず、長時間のシフトを組まれても断ることができずにいた。また、このような責任感から、Dさんは「風邪を引いても休まずにアルバイトに行くのが当たり前」と考えていた。実際に辞めるときも「まだ自分のシフトが残っているのに辞めていいのか」と悩んだ。突然辞めることは店に対する責任放棄であると思った。

Dさんの気持ちが「わかる」と思った方も少なくないのではないでしょうか。日本人には、Dさんのように、責任感が強い方がたくさんいらっしゃいます。それ自体は素晴らしいことだと思いますが、先に述べたように、時と場合によっては、その責任感がマイナスに働くこともあるかもしれません。

さまざまな事情があるでしょうから、「ここは責任感を発揮して踏みとどまるべきか、わが身を守るべきか」という判断は難しいものですが、少なくとも、判断すらしようとせず、されるがままになるのは危険なことだといえます。

『女工哀史』とブラック企業の違い

この「ブラック企業」のような過酷な労働環境は、現代だけの問題ではありません。たとえば女性の悲惨な働き方を示す代名詞にもなっている『女工哀史』では、大正時代の女工のリアルな姿が克明に綴られています。教科書などで『女工哀史』の名前は知っている、という方は多いでしょうが、その内容を知っている方は少ないかもしれません。ここで簡単に紹介してみましょう。

『女工哀史』は、紡績工場で働く女性労働者のルポルタージュで、大正十四年（一九二五年）に刊行されました。著者の細井和喜蔵は十三歳のときに機屋《はたや》の小僧になって以来、約十五年間紡績工場の下級職工として働いた人物で、本書はその経験と、同じく紡績工場で働いていた妻の話、また「紡績通の二老人」の口伝に基づいて書かれています。

一日十二時間労働で、休憩はほぼ食事の時間のみ。休日は週に一日。給料は大正十一、十二年ごろで一日当たり一円から二円（多くは出来高制）。新入りは日当五五銭から。大正末期の一円は、今の価値に直すと一二〇〇円程度に相当すると考えられます。昼食は、細井和喜蔵の記述によると「嘔吐《おうと》を催するほど不味い」もの。

基本は寄宿舎生活で、外出できるのは月に一度程度。寄宿舎では二六畳の部屋に三三人が押し込められた例もありました。また病気で寝ていても、部屋の管理をする「世話婦」から水をぶっかけられて働かされることもあったとのことです。世話婦は紡績会社から「なるべく欠勤者を出すな」という通達を受けているのです。

そのほか、夏は密集した人の熱と機械の熱が加わり地獄のような暑さになる、伝染病に弱い、常に競争を強いられる、機械に挟まれて手足、場合によっては命を失うリスクもあったなど、彼女たちの過酷な状況が詳細に記されています。

なお、同書では大正末期の紡績工の総数は二〇〇万人を下らないだろうとみており、その八割を女工だとしています。

『女工哀史』からは、現代のブラック企業と同様か、あるいはそれ以上に悲惨な生活を従業員に強いている姿が浮かび上がってきます。そして、両者には一つ、大きな違いが存在します。それは現代のブラック会社の社員より大正時代の女工のほうが、会社を辞めることが難しかった点です。

女工は入社する際に「誓約書」に捺印《なついん》することを強制されます。その誓約書には多くの場合「満三ヶ年間御社指定ノ労務ニ従事シ……」といった文言が記載されています。そのため三年間は会社に縛られることになり、寄宿舎生活で情報もないですから自ら退職を願い出るという行為に出る女工はほとんどいませんでした。中には、実家の両親が会社から給金を前借りするようにすすめられ、その借金を返却するまでは退職できないというケースや、途中で退職すると給料が満額支払われないこともありました。

現代のブラック企業も、契約書を取り交わし脅迫するなどの手段で社員を辞めさせせないように縛っていると思われますが、現代では労働法が施行されており、また自宅でインターネットにより情報を入手することもでき、労働基準監督署に相談することもできます。そもそも労働基準法は、「労働者の意に反して辞めさせせない」ことを禁じていま す。

ところが、かつての女工と違い、いつでも自由に逃げられるはずの現代の人々が、ブラック企業から逃げられないでいるのは、どういうことでしょう。

ここで重要になってくるのが「逃げる力」なのです。これはどう考えても理不尽だ、これから状況が打開するとはとても思えないという場合には、自らを守るために、「戦う」か「逃げる」かをはっきり決断しなければなりません。不当な労働を糾弾《きゅうだん》するか、さっさと退職するかどちらかを選択しないと、文字通り命取りになりかねません。

パワハラ上司から逃げるべきか

上司であることをいいことに、何かと厳しく叱咤したり、恫喝したりしてくる。無茶な仕事を押し付けてくる。巧妙にねちねちと言葉の暴力をしてくる……。

ブラック企業ではないけれど、一人の「パワハラ上司」に苦しめられているという話をよく聞きます。上司ではなく、取引先の担当者がパワハラをしてきて悩んでいるという人もいるでしょう。

どうしても耐えられなくなったら、やはり逃げるべきだと思いますが、実際には、逃げることができず、心身を壊してしまう人が多いようです。

その会社を辞めたら、生活費を稼げなくなったり、住宅ローンが払えなくなったりするとなれば、安易には辞められません。また、「こんなしょうもない上司のために、なぜ自分が会社を辞めなくちゃいけないのか」という意地とプライドもあるでしょう。

そうして職場にい続けるわけですが、大部分の人は、上司と戦うわけではなく、じっと我慢しているようです。さらに一歩進んで、「上司にも上司の立場があるのだ」と寛容になる人もいるようです。

しかし、パワハラをしてくる上司や取引先に対しては、このような「寛大」な姿勢を見せるのが、最悪なのです。「自分が我慢すればいい」と妥協しながら付き合うのは、一番よくないことです。必ず最終的には、自分の心が耐えきれなくなり、つぶされます。

そうならないためには、戦うか逃げるか、腹をくくらなければなりません。戦うべきだと思ったら徹底的に戦うべきだし、逃げるべきだと思ったら我慢しないでさっさと逃げ出すのです。

第一章で述べたように、動物は敵と対峙したとき、「逃げるか戦うか」を一瞬で決めます。最悪なのは、何もしないで、黙って攻撃されていること。それは人間も同様です。

そもそも、「自分の敵に対して我慢する」のは、寛大でも美徳でもなんでもないのです。

一七世紀のフランスの名門貴族であるラ・ロシュフコーは、攻撃してくる人に対して黙って怒らずにいることを、「われわれの美徳は、まずたいてい、偽装した悪徳に過ぎない」「いいところを見せたかったり、罰をくだすのが面倒くさかったり、後で復讐されるのが怖かったりするから、そうしている」と述べています。

つまり、パワハラ上司と戦わないのは、「良い人だと周囲に思われたい」という見栄や、「事態をややこしくして面倒になるのを避けたい」という気持ち、「後でえらい目に遭うのが怖い」といった心理があるからであり、寛大でもなんでもないというわけです。

「良い人だと思ってもらいたいから」と妥協したところで、周囲からの評価は上がりません。

拙著『大放言』（新潮新書）にも書きましたが、他人からの評価を気にして、言いたいことを我慢して言わない人は、皮肉なことに、他人からは高く評価されるどころか、「彼は常に人の目ばかり気にして生きている」「人の顔色ばかりうかがっている」と低く評価されるものです。実際、周囲の人で、「いろんな人の和を考えて、グッと我慢している。忍耐強くて、えらいやつだ」などと評価されている人がいるでしょうか。決してそんなことはありません。

逆に、職場でも言いたいことを言っている人間は、嫌われるところもあるけれども、意外と味方も多く、一部の人からは尊敬を抱かれていたりするものです。

それなら、言うべきことは言ったほうがいい。筋の通った正しいことを言っていると、味方も増えてきます。すると、パワハラ上司にも対抗できるようになるはずです。

じっと報復のチャンスが来るのを待ち、相手がマネジメントなどで何らかのミスを犯したらそこを衝《つ》くという戦略的思考を持ってもいいと思います。「いまは油断させておいて、いずれこの上司をどっかでやっつけてやる」と考えると、暗い状況の中にも一種の楽しみが生まれるかもしれません。

言うべきときに言わないと野性の本能的な力を失う

先ほども言ったように、私は、二十代から放送作家をしていたのですが、なりたての頃から生意気な若造で、十歳、二十歳年上のディレクターやプロデューサーにも、「そんなんおもんないわ」などと言いたい放題言っていました。そのせいで、しょっちゅう番組をクビになっていました。

最初は「仕事失ったら給料減るやんけ。我慢ガマン」と思ってガマンするのですが、そのうち我慢できなくなって、会議でプロデューサーに面と向かって「あかんわ、それ」などと言って、クビになってしまうのです。

その気質は六十歳を超えた今も変わっていません。私はよくしょうもないことをバーッと口に出して、新聞やテレビで叩かれたり、ネットで炎上することを繰り返していますが、言うことを我慢できないんですね。以前ある女性週刊誌に、うちの嫁さんが「うちの主人は、叩かれるストレスよりも、言わんと我慢するストレスのほうが大きいんです」と説明していましたが、まさしくその通りです。

ただ、好き放題言うことには、リスクもあります。たとえばテレビの企画会議などで、人のアイデアを「面白くない」と批判するからには、その人より面白い案を出さなければなりません。そうでないと、「こいつ、口ばかりで何も仕事できへんやないか」と思われてしまいます。それはしんどいことです。そんな思いをするなら、黙っていたほうがよほど賢いかもしれません。

しかし、そうやって戦いを避けていたら、戦う力も失っていきます。第一章で、「人は使わない能力はどんどん衰える」と書きましたが、戦う能力に関しても同じです。戦うことを避けてばかりいると、戦う力が失われていくのです。

この本のテーマは「戦うこと」ではないので、戦いについてはひとまずおきます。私が言いたいことは、先ほどから繰り返し書いているように、「戦う」か「逃げる」かを判断することの重要性です。

人間は社会的な生き物ですが、それでもやはり動物です。野性の本能を失ってはいけません。

徹底的に損得勘定で考えよう

パワハラ上司がいる職場でも、ブラック企業にしても、逃げる決断ができない人が逃げられるようになるためには、「徹底的に損得勘定で考える」こともおすすめします。「これをガマンしたら、得するのだろうか、損するだろうか」「これをガマンしたら、いくらぐらいの損得になるのだろうか」とすべてをお金に換算して考えるのです。するとと、合理的な判断を下せるようになり、「逃げるべきだ」という判断がしやすくなります。プライドや罪悪感などにこだわっていては、馬鹿らしいということに気付くのです。

たとえば、パワハラ上司のもとで働き続けることと、その会社を辞めて他の会社に行くことを、お金にして考えてみましょう。仮に、今の会社のほうが給料が良かった場合、目先のことだけ考えると、そのまま働き続けたほうが、得かもしれません。しかし、心を病んでしまって、休職などすることになれば、給料が激減します。まして、他の会社でも働けなくなるほど、精神的に病んでしまったら、トータルで見たら圧倒的に損になります。このように見ていくと、どう考えても、「パワハラ上司から逃げた」ほうが得です。

また、つぶれかけた会社に居続けるか、他の会社に転職するかということを、金銭面で考えると、ほとんどの場合、転職したほうが得だという判断になるかと思います。「職場の人たちにうらまれるかもしれない」としても、その人たちにうらまれたところで、収入はおそらく変わりません。そう考えたら、そんなことを気にしていたら、無駄だということになります。

職場の人間関係で悩んでも、お金で考えれば、うまくいかなかったところで一円も損しないことに気付くでしょう。

この理不尽さを容認できるのか、紙に書いてみる

また、何か我慢できないことがあったときに、このまま逃げずに我慢できるか、この理不尽さを容認できるかを紙に書いて整理してみるとよいでしょう。

我慢することで、自分は満足できるのか、あとで何とも思わないのか。自分の心、プ

ライドに傷が残ることはないのか。肉体的にはしんどくないのか、精神的にはつらくないのか。これらをノートに書き記していって、ダメだという項目がたくさんあったら、逃げたほうが良いと思います。

一方で、逃げたときにどんなことが起きるだろうかということも書いてみると、より冷静に判断できるでしょう。

仮に会社を辞めるとしたら、「親が泣くだろうか」「上司が怒るだろうか」「友人に笑われないだろうか」などと書いていくわけです。

左遷だとしたら、「給料が減らされる」「地方に飛ばされる」といったことでしょう。

そして、両方を比べてみましょう。すると、冷静に判断することができます。

するると、多くの場合は、逃げたとしても、たいしたことはないという結論に至るはずです。頭の中だけで抽象的に考えていたから、整理がつかなかっただけで、具体的に考えると、実はあっさり結論が出ることはよくあることです。

もちろん、我慢したほうが良いという結論に至ることもあります。そうしたら、いさぎよく我慢しても良いと思います。いずれにしても大切なのは、一度立ち止まって考えてみることです。

ガマンするなら、ガマンの仕方を考える

ガマンするという結論に達した人も、「逃げる」という選択肢は常に考えておいたほうがいいと思います。人間、ガマンにも限界があります。

逃げるタイミングを見極めるには、自分の耐久力を知っておくことが大切です。「どこまで激務に耐えられるか」「どのような不調が体に出始めたら危険信号か」。そういったことがわかっていれば、そこに到達したとき、「即逃げる」という判断が下せます。

人間の耐久力は、人によって大きな個人差があります。たとえば、月一五〇時間以上残業しても平気な人もいれば、月五〇時間の残業でもヒイヒイいう人もいます。ものすごく幅広いのです。

だから、周囲の人が月一〇〇時間残業しているからといって、自分も一〇〇時間働かないと恥ずかしいなどと思ってはいけません。他人のことなど気にせずに、自分の耐久力と相談することが大事です。月一五〇時間の残業でもへこたれないような耐久力の高

い人には、絶対に相談してはいけません。

ガマンをするタイプの人は、弱音や愚痴を吐かない人が多いのではないかと思いますが、それは危険なことだと私は思います。

拙著『鋼のメンタル』（新潮新書）にも書きましたが、イソップ寓話の中に「樫《かし》の木と葦《あし》」という話があります。

小川のそばに太い樫の木が立っていて、細い葦が生えていました。風が吹くと、葦はたよりなくこうべを垂れることから、樫の木は「俺はびくともしない」とバカにしていましたが、ある日、ハリケーンが来たとき、樫の木は風を真正面から受けてしまい、たえきれなくなってポッキリと折れてしまいました。しかし、葦はいつものようにこうべを垂れたことで折れずに済んだのです。

人間にも同じことが言えると思います。弱音や愚痴を吐かない人は、樫の木のようなもので、ストレスを真正面から受け止めてしまいます。しかし、大きなストレスがかかると、たえきれなくなってポッキリと折れてしまうのです。また、少しずつ負担がかかり、ある日突然折れてしまうこともあるでしょう。

それよりも私は、葦のように生きるのが良いと思っています。風が吹くと、たとえそよ風でもふにゃーと頭を下げてしまうぐらい弱いのですが、強風が吹いても同じようにふにゃふにゃして受け流してしまうのですね。

人間でいえば、何かあると、すぐ弱音や愚痴を吐いてしまう人だといえます。一見、情けない人間に見えますが、こういうタイプの人はストレスをうまく受け流しているので、なかなか倒れないというわけです。

こういうと、自分自身を正当化しているようですが、私は、すぐに弱音を吐きます。何かあると、「しんどい」とか「駄目や」とかいって、布団《ふとん》をかぶって寝てしまうのです。私はメディアやネットでさんざん叩かれているのに、懲りずにまた問題発言を繰り返すので、周囲からは図太い男と見られていますが、実は、ものすごく精神的に弱い人間です。ただ、逆にいえば、この弱さがあったからこそ、自分は生き残ってこれたのかな、とも思っています。

よく、居酒屋でサラリーマンが愚痴を吐くのをみっともないなどといいますが、私はおおいに結構だと思います。愚痴でも弱音でもどんどん吐くべきです。そうすることで、ストレスをためずにすみます。

『鋼のメンタル』でも推奨しましたが、人の悪口もどんどん言うといい。皆、「人の悪口は言うもんじゃない」と子供の頃から教えられてきていると思いますが、そんなことは知ったことではありません。私なんか、本当に四六時中、人の悪口を言っています。聞かれたくなければ、独り言でもかまいません。大事なのは我慢しすぎないことです。

人生にも捨てゲームがある

多忙から逃れるためには、何でもかんでも全力投球していないかどうか、チェックすることも大切です。言い方を変えれば、手を抜ける仕事はどんどん手を抜くのです。

手を抜くというと、悪いことのように聞こえるかもしれませんが、決して悪いことではありません。人間の体力や与えられた時間は無限ではありませんから、すべてに一〇〇％の時間と労力をかけていたら、終わりません。大事な仕事に時間をかけないということにもなってしまいます。

そもそも、人間の体自体が、すべての臓器や部位が全力投球できるようにはできていません。人間の臓器や部位が動くにはエネルギーが必要であり、そのエネルギーを運ぶ役目を担っているのは血液ですが、その血液の量に限りがあり、すべての部位に満足に行き渡らないのです。はっきり言ってしまえば、人間の身体は慢性的血液不足なのです。

そこで私たちは足りない血液を有効に使うために、効果的な方法を用いています。そのときどきの活動においてもっとも重要な部位に、血液を集中して持っていくような仕組みにしているのです。たとえば、ご飯を食べるときは胃や腸に血液が集まりますし、勉強しているときには脳に多くの血が巡り、マラソンで走っているときには心臓や肺や足などに血液がいくわけです。

つまり、人体自体が、すべてを全力投球できないようにできているのですから、仕事などでも何でもかんでも全力投球ではなく、バランスよく配分していくことが、人間の在り方なのだと思います。

力を入れるときには力を入れるけれども、手を抜くときは手を抜きましょう。大事な仕事とそうでない仕事の優先順位をきっちり考えて、自分にとって大事な仕事ならとことん頑張る一方、そうでもない仕事なら、割り切って「これは五分ぐらいの力」「八割でやる」などと分けていくのです。皆さんも周囲を見渡してみて下さい。仕事のできる人間は、すべてのことに全力投球していないのがわかるでしょう。力を入れるバランスが巧みなのです。

実はこんな私でも、力を入れるときと手を抜くときのメリハリをつけています。

たとえば、テレビ番組の放送作家の仕事をしていたときも、スタッフと意見が合わないときがあるのですが、必要だと思ったときには、どれだけ時間がかかっても、徹底してやりあっていました。明日の朝まででも付き合うという勢いです。しかし、自分の意見が採用されなくても大きな問題はないなと思うときは、「まぁ、ええか」と妥協しています。

プロ野球でも、一四三試合、すべて全力でやっているわけではありません。必ず「捨てゲーム」というものがあります。たとえば、前半で大量リードをされたら、勝ちを諦めて、良いピッチャーを温存して、敗戦処理の投手で試合を終わらせるのですね。金を払って見に来ているファンへの背信行為にも見えるかもしれませんが、一年間トータルで優勝するには、こうした割り切りも必要なのです。八〇勝すれば優勝なら、あとの六三試合は負けても良いのです。

同様に、人生や仕事にも捨てゲームがあると考えてみてはいかがでしょうか。そう考えると、何でもかんでも全力投球することがなくなり、少しは忙しさが緩むかもしれません。

異動の悩みなんて、小さい悩み

本人は深刻な悩みだと思っているけれども、周囲から見たら「贅沢《ぜいたく》な悩み」だということも多くあります。

たとえば、視聴率が下がって番組が打ち切りになると、フリーの放送作家やディレクターは、ギャラが一切なくなります。これは死活問題です。それに対し、テレビ局の社員は、フリーの人と比べると、給料も待遇もすごく恵まれていますし、番組が打ち切りになっても給料が減るということもありません。

ところが、面白いことに視聴率が下がることで、一番悩むのは、局のディレクターやプロデューサーなのです。昔は、よく局のディレクターが胃潰瘍になって、胃に穴が開いたという話をたくさん聞きました。

なぜ悩むかといったら、番組が失敗すると、周囲からの評価が落ちるからです。それによって、「局での出世が遅れる」「制作以外の部署に飛ばされる」と悩むわけです。しかし、仕事をクビになるわけでもなく、高い給料は保証してもらえていますから、私たち下請けからすれば贅沢な悩みにしか見えませんが、本人にとっては大きな悩みなのです。私たち下請けの人間は、食べるのに必死ですから、そんな悩みを持つヒマはありません。

これはテレビ局に限った話ではないでしょう。手がけていたプロジェクトの失敗や、異動で悩み苦しんでいる人は多いと思います。もちろん、人間ですから、「失敗が悔やまれる」とか「異動先の仕事にやりがいを感じられない」といったことで悩むのは、悪いことではないでしょう。

しかし、そのことを「世の中で自分が一番不幸だ」ぐらいの勢いで異常に悩むのはどうかと思います。給料がこれまでの三分の一になり、住宅ローンの支払いが滞るとなれば、悩むのもわかりますが、そうでないなら、大した悩みではありません。リストラされた人から見たら、「異動くらいで何をそんなに悩んでいるのか？　意味がわからない」となるでしょう。

以前、ベストセラーになった横山秀夫さんの『64　ロクヨン』（文春文庫）という刑事ものの小説を読んだのですが、その主人公は、刑事から広報に転属させられたことについてずっと悩み、深夜に元上司の家を訪ねてその理由を訊ねたりするという、一般のサラリーマンからすれば常軌《じょうき》を逸《いっ》したような行動をしています。たしかに主人公の悩みは理解できなくはないですが、びっくりするぐらいスケールの小さな話です。でも、こういう話が受けるというのは、組織の中で悩んでいるということに、共感する人が多いのでしょう。

第四章

人間関係から逃げる

人間関係のしがらみはいくつになってもつきまとう

いくつになってもつきまとうのが、「人間関係のしがらみ」です。

十代、二十代の学生であれば、学校のクラスメイトや部活の先輩・同期、アルバイト先のスタッフとの人間関係に悩んでいるかもしれません。

社会人になれば、職場の人間関係がやってきます。パワハラ上司のような問題人物がいなくても、上司や先輩、お局《つぼね》さんとの関係には非常に気を遣うと聞きます。大企業になると学閥のしがらみも出てくるようです。人間的なつながりを求めるような取引先がいると、そちらにも気を遣う必要があります。パート先での女性の人間関係も、複雑なものがありそうです。

家族や家を持つと、配偶者の親戚との付き合い、地域の集まり、子供のPTAやママ友の集まり、隣近所との付き合いなども出てきます。地縁の強い場所ほど、しがらみは強く、仕事以上に悩まされている人もいるようです。六十歳、七十歳になっても、人間関係の悩みはつきず、いい加減にしてくれと思っている人も多いことでしょう。

人間関係の悩みをさらに深くしているのは、携帯電話です。メールやＬＩＮＥなどのＳＮＳの登場によって、朝から晩まで、返信が必要なメッセージを送りつけられるようになりました。顔が見えないので、面と向かってはとても言えないような言葉を吐きかけてくる人もいます。そのやり取りに悩まされてしまい、大きなストレスを抱えている人も少なくありません。

しかし、「こんな関係からは逃げ出したい」「関係を断ち切りたい」と思いながらも、多くの人は、「ここからは逃げ出すことができない」と諦めているようです。「子供の友達関係もあるから仕方ない」「地域で生きていくためにはやむを得ない」「せっかく見つけた仕事だから、辞められない」など、いろいろな事情があるようです。

たしかに、そういう事情があれば、やむを得ないところもあります。そもそも、異なる文化の中で育ってきた他人同士が集まれば、何らかのいざこざがあるのは当たり前です。少しうまくいかないからといって、逃げ出していたら、キリがないということもあるでしょう。

しかし、自分や家族にとって絶対必要なものではなく、プラスになることもあまりない人間関係なら、逃げ出してもかまわないのではないか、と私は思います。

多くの人間関係は、よくよく考えてみれば、それなしでも幸福に生きていけるものです。絶対にできないと思い込んでいるとしたら、それは、前章の「仕事や会社から逃げられない人」と同様に、思い込みによって、自分で自分を縛っているのです。この章では、そうした人間関係に関する思い込みについて、考えてみることにしましょう。

LINEやフェイスブックに振り回される人たち

『鋼のメンタル』でも書きましたが、最近は、毎日、相当な時間をSNSに費やしている人が多いようです。

LINEで多くの友人知人とメッセージを送信し合ったり、友人同士でつくったグループで会話をしています。

遊びに行ったり食事に行ったりしたら、こまめに写真を撮って、インスタグラムやフェイスブックに投稿する。他の人が投稿した内容を見たら、「いいね」を押して、感想コメントも書き込む。

若い学生に限らず、主婦やサラリーマンも、朝から晩までスマートフォンとにらめっこをして、やり取りをしている人が多いようです。

そのやり取りを楽しんでいる分には、別に時間を費やすのはかまわないと思います。しかし実際には、楽しむというよりも、仕方なく時間をかけている人も少なくないようです。

たとえば、ＬＩＮＥに関しては、四六時中、スマホを肌身離さず携帯し、メッセージが来ていないかどうか、しきりにチェックしている人が多いと聞きます。「既読スルー」といって、読んだのに返信しないでおくと、相手が気分を害してしまう場合があるからです。グループ内でのメッセージを無視していると、メンバーからたしなめられ、最悪の場合、仲間外れにされてしまうといいます。

それが、中学・高校生だけでなく、大学生や専門学校生、さらには会社や趣味のサークルのグループでも、既読スルーのことで相手を非難し、仲間はずれにする人がいるということですから、驚いてしまいます。

また、フェイスブックやインスタグラムでも、友人などが投稿した内容に、一所懸命

「いいね」をつけたり、コメントを書いたりすることを日課にしている人がいます。たとえ、大して「いいね」と思わなくても、「いいね」をしている人も多いようです。

その理由は、相手が不快な思いをするからです。実際、私の友人は、「あなたの投稿にコメントをしているのに、私の投稿にはコメントをしてくれないのね」と不満を言われたことがあるそうです。その友人は、「いいね」と感想コメントを送るために、毎日二時間ぐらい費やしている、と嘆いていました。

いずれのケースも、社会が豊かになりすぎ、余暇の時間がありすぎるゆえの悩みといえるでしょう。もし、大東亜戦争中にLINEがあったら、既読スルーなんて誰もとがめないはずです。空襲で家が燃えているのに、LINEの返事をしているどころではありませんし、他人に対して「いいね」なんて言っている場合じゃありません。

本当の友達ではない人への気遣い

私から見ると、LINEやインスタグラム、フェイスブックでのやり取りが苦痛になったら、もうやめてしまえば良いのではないかと思います。

既読スルーや「いいね」がないことに対して、とやかく言ってくるような人は、本当の友達ではないからです。本当の友達でない人の気持ちを考えすぎて、しんどい思いをする必要などどこにもありません。

まして、インスタグラムやフェイスブックなどについては、一度しか会ったことがない人や、ネット上でしかやり取りしたことのない人もいると聞きます。自分の配偶者や人生の恩人など、本当に大事な人に好かれたいというならわかりますが、ほとんどあかの他人である人に好かれようとするのに時間を費やすのは、あまりにももったいないことです。

さらに、本当の友人でない人に好かれようとして、大事な人がないがしろになっていたら、本末転倒です。たとえば、家族サービスは何もやらないで、フェイスブックに毎日二時間使うなんて、私にはまったく理解できません。せっかくの余暇の時間をそんなことにすり減らすのは馬鹿馬鹿しいかぎりです。さらに言えば、有限な人生の時間の無駄使いです。

ＬＩＮＥなどのＳＮＳに限らず、すべての人付き合いについていえることは、人付き合いには優先順位が必要だということです。すべての人に良い顔をしていられるほど、人生は長くありません。

優先順位がはっきりつけられれば、順位の低い付き合いは断ち切ってしまっても良いということにも気付くはずです。一度、交友関係を紙に書いて、優先順位をつけてみると、頭が整理されることでしょう。

ＬＩＮＥやＳＮＳでつながっているだけの友人は、あなたが本当に困ったときにはまず何の助けにもなってくれない人がほとんどです。そんな人たちとの人間関係に煩わされるのは馬鹿馬鹿しいことです。

孤独や退屈を怖れるな

ところが、今お話ししたようなことは薄々わかっていても、多くの人が、ＬＩＮＥやＳＮＳでのやり取りをやめられないようです。現実には、家族をないがしろにしてまで、ＳＮＳに没頭する人が多いようです。

なぜ、そこまでして、ＬＩＮＥやインスタグラム、フェイスブックを一所懸命にやるのでしょうか。

それは、「孤独」や「退屈」を必要以上に恐れる心があるからではないか、と思います。

その背景の一つには、携帯電話の登場によって、四六時中、友達とつながれるようになったことがあるのでしょう。一人で食事をしていても、出張先からでも、はたまた、ニューヨークやパリ、アフリカのサバンナにいても、学生時代の友人や会社の同僚などとすぐに連絡を取り合うことができます。このような状態に慣れてしまうと、誰ともつながっていない一人ぼっちの状態が、寂しく、心細く感じるのかもしれません。

また、インスタグラムやフェイスブックなどを見ていると、皆が楽しくリア充な生活を送っているように見えてきます。「リア充」とは「リアルな生活が充実している人」という略語です。ネット世界だけで充実している人の対極として使われます。

リア充の友人たちを見ると、自分がとくにやることがなく、退屈な状態に置かれると、自分がつまらない人間のように思えてくるのでしょう。手帳の予定がないと不安になり、一所懸命に埋めようとする人がいますが、それと似たような心理かもしれません。そこで、その退屈な時間をインスタグラムなどのやり取りで埋めているのかもしれません。

その「孤独」や「退屈」から逃れるためには、ネットの世界で相手にしてくれる友達がたくさん必要なのだと思います。だから、大して仲良くない人や、会ったことがないような人に対しても、機嫌をとるようなことをするのでしょう。

しかし、孤独や退屈はそんなに怖いものでしょうか。私は、そうは思いません。孤独というものは実は楽しいものです。

嘘だと思われる人は、試しに、家に携帯電話をわざと置いていって、一日を過ごしてみることをおすすめします。ＬＩＮＥのメッセージはすぐに返せないかもしれませんが、既読にならなければ、相手も何かあったとわかるはずですし、あとで謝れば済む話です。

最初のうちは、心細い感じがするかもしれませんが、徐々に縛られていたものから解き放たれて、スッキリした気持ちになることでしょう。また、スマホをいじっていた時間に、本を読んだり、考え事をしたりとさまざまなことができ、実りある一日が送れることに気付くはずです。

それがわかれば、ＬＩＮＥやフェイスブックなどのやり取りにたくさん時間をかけること、あるいは自分にとってどうでもいい人に媚《こ》びをうってご機嫌取りをすることが、時間の浪費であることに気付くことでしょう。そうした付き合いは断ち切るか、適当に距離を置こうと思い至るはずです。

ちなみに私はＬＩＮＥもインスタグラムもやりません。ツイッターはやっていて気が向けばどんどんツイートしますが、気が乗らないときは数日何もつぶやかないこともしょっちゅうです。

ついでに書けば、ツイッターで気に食わないリプライ（メールのようなもの）を送ってくる輩《やから》は、即座にブロックします（私のツイートを見られなくして、リプライも送れなくすること）。意見の異なる相手と議論できるのがツイッターのいいところだと言う人もいますが、私に敵意を抱く見ず知らずの他人と議論して、得なことなど一つもありません。ツイッターのブロックも無駄なストレスから「逃げる力」の一つです。で、毎日、ルンルンとブロックしています。

ランチタイムにトイレで食事をする心理

孤独を恐れる背景には、「他人からどう見られているか」を過剰に気にする心理もあります。

若い人は、多かれ少なかれ、自意識過剰なものですが、最近は少し行き過ぎているのではないでしょうか。

近頃は、友達のいない学生の中にはトイレでランチを食べる人がいると聞きます。一人でランチを食べるところを周囲の人に見られるのが嫌で、トイレの個室でこっそりと食べるというのです。自意識過剰で多感な年頃の中高生だけでなく、大学生にもいるのだというから驚きです。

しかし、学校のトイレで食事をしておいしいはずがありません。楽しい食事の時間を不愉快なものにしてまで、他人の視線を気にするのはさすがに行き過ぎです。

こういう人は、もはや自分の人生を生きていません。誰かに見られるために生きているといえるでしょう。

「誰かに見られるために生きている人生」は、幸福の基準を自分で決めることができません。たとえどんな成功を果たしたとしても、「あの人は、世間は、自分の姿をどう見ているのだろうか……」と、心の休まることはありません。友達がいないのは寂しいことかもしれませんが、それを恥じることもなければ、ましてそれを他人にどう思われるかなどは、どうでもいいことです。一人で食事をとっているところを見たい人には、いくらでも見せてあげればいいのです。

すると、孤独に耐える力が身につくはずです。そのうち、人は、自分が思っているよりも自分のことを見ていないことにも気付くでしょう。

仲間はずれになっても大丈夫

私はファッションに疎《うと》いので、細かいことはよくわかりませんが、最近、街を歩いていると、三〜四人で連れ立っている若い女の子が、同じような髪形で同じようなファッションをしているのをよく見かけます。もっとも、まったく同じというわけではなく、アクセサリーなどで、ちょっとだけ差をつけているようですね。似たような格好をして恥ずかしくないのかと思うのですが、むしろ、あえてそうしているようです。

これは、若い人の心理をよく示しているように思います。没個性は嫌だけど、周りから変だと思われたくないので、皆と同じでいたい。仲間はずれにはなりたくないというわけです。けれど、どこかで個性を主張したい――矛盾した心理です。

魚にたとえれば、一匹で泳ぐのではなく、他の仲間と一糸乱れぬ群れをつくって泳ぐイワシのようなものでしょう。でも、その群れの中で、少しだけ光ったイワシになりたいというところでしょうか。

同じようなファッションをしているのは、仲が良くて、大いに結構だとは思います。しかし一方で、「仲間外れになりたくない」という考え方が強すぎると、弊害のほうが大きくなるのでは、とも思います。

このタイプの人は、万が一、仲間外れになってしまったときに、立ち直れないほどの大きなショックを受けます。

だから、仲間外れにならないために、必要以上に気を遣います。「ＫＹ」などといわれたら大変ですから、とにかく場の空気を読んで、それに合わせようとするのです。

ちなみに、「空気を読む」というのは、日本人なら誰でもわかるような言葉ですが、実は、英語では訳しにくいそうです。つまり、日本人独特の感覚だというわけですね。

しかし、常に皆に合わせようと、空気を読んで行動していると、自分を押し殺し続けることになります。するとストレスがたまってしまい、身近な家族などをそのはけ口にしてしまうこともあるかもしれません。

そして、そこまでして自分を押し殺し続けたのに、仲間外れになったりしたら、「こんなに気を遣っているのになぜ」と、怒りと失望に苦しむことになります。

私は、親密な友達付き合いをしつつも、どこかで「仲間はずれになっても大丈夫」という気持ちを持ってもよいのではないかと思います。仮に、「このファッションをしなければ、空気を合わせなければ、とんでもないことになる」と思い込んでいるなら、本当にとんでもないことになるのか、一度考えてみてもよいのではないでしょうか。そして、相手に合わせない自分のスタイルを発見することができれば、人生がより楽なものになるのではと思います。

今の友人関係から自分が外れることを非常に恐れる人は、一言で言ってしまえば、世界が狭いのだと思います。今の友人関係がすべての世界だと思い込んでしまっているのです。井戸の底に入り込んでいるようで、井戸の環境が悪くなるとたんに息苦しくなってしまう。その世界で何かが起これば、自分には居場所がないと絶望してしまいます。

でも実際は井戸でもなんでもなくて、外に飛び出そうと思えばいくらでも飛び出せるのです。

DV男からは、即刻逃げよ

最も身近な人間関係の一つが、夫婦関係です。

その夫婦関係で、最も深刻な悩みの一つは、「配偶者のDV（ドメスティック・バイオレンス）」ではないでしょうか。配偶者暴力あるいは夫婦間暴力と呼ばれることもあるDVには、近年では元夫婦や恋人の間での暴力も含まれるようになりました。そのほとんどのケースが、男性が女性に暴力もふるうものです。

私はDVをしたことがないので、DVをする男性の心理がよくわかりません。しかし、妻ないし恋人に一度でも手を上げた男性からは、一目散に逃げたほうがいいと思います。百歩譲って一度だけなら魔が差しただけと許すことがあったとしても、二回殴ってきた男からは即刻逃げるべきです。そんな男は絶対に何度も繰り返すからです。

しかし現実には、逃げられない人は多いようです。こういう男に限って、翌日に「本当に悪かった」などと平謝りしたり、「俺は、君がいないとダメなんだ」「君を世界で一番愛しているんだ」などと甘い言葉で引き戻してきます。すると、「自分がいなくなったら彼はやっていけない」「理解者は私しかいない」などと考えてしまうようです。

しかし、そんな言葉にダマされてはいけません。また再び暴力をふるわれ、翌日謝ってくることを繰り返すのは目に見えています。

こうした状況にひたすら耐えていると、精神的に病んでしまう可能性があります。精神科医の片田珠美氏によると、誰かの攻撃で精神的なショックを受けた場合、その怒りや敵意をその相手にぶつけることができないときは、より弱い者か、もしくは、自分自身に向いてしまうそうです。自分に向けられた怒りは罪悪感となり、罪悪感が重なっていくと最悪の場合、うつ病になってしまうこともあるのです。

もしそうなったら、自活することはかなり難しくなり、また子供を父親から守ることもできなくなります。あるいは、自分が子供に暴力をふるってしまうこともあるかもしれません。

ご自身の精神状態や判断力が損なわれないうちに、一度でもひどい暴力をふるった男性とは別れることをおすすめします。

逆に、DVを受けて相談すると、周囲からは「我慢しなさい」と言われることがあるかもしれません。しかしそんな声に耳を貸す必要はありません。相談相手は、実際に痛い思いをしているわけではなく、その人自身の考え方や耐久力の範囲で助言をしているからです。暴力を受けた本人が判断すべきことです。そして自分はもう耐えられないと思ったら、すぐに逃げましょう。

「ひきこもり」は正しい「逃げ」か

会社や学校に行くのを拒否して、自宅にとじこもってしまう「ひきこもり」もまた、逃げる形の一つでしょう。最近は、十代、二十代のみならず、三十代、四十代のひきこもりも珍しくないようです。

私は、「ひきこもり」が完全にダメだとは思いません。野生動物も、ケガをしたときは傷が癒《い》えるまで、穴などに入ってひたすらじっとしているように、人間も、会社や学校などで精神的に大きな傷を負い、休養が必要になったら、体力が回復するまで、ひきこもっても良いと思います。

しかし、野生動物は傷が癒えたら、穴から飛び出していきます。人間も、しばらくひきこもったら、再び社会に出ていくべきだと思います。何年たっても「傷が癒えない」といってひきこもっているのは、良い逃げ方ではありません。

なぜ社会に出ていく必要があるのか。それは、人間は社会的な動物であり、誰でも社会に何らかの貢献をしなければならないからです。

動物には、オオカミやライオンのように群れで暮らしていく動物と、トラのように個体で生活できる動物がいますが、人間は、群れで生活する動物です。「人の間」と書くくらいですから、人は一人では生きていくことができず、社会にいるさまざまな人の助けを借りていくことになります。

ひきこもっている家の中で、電気やガス、水道が使えるのは、そうしたインフラに携わる人たちのおかげですし、コンビニでご飯を買えるのも、材料を育てる農家の人、加工する工場の人、コンビニまで運ぶ物流の人、コンビニを経営する人や店員さんがいるおかげです。一日の何気ない生活でも、一体どれだけの人に助けてもらっているかわかりません。

にもかかわらず、自分は何もしないで、そうした人たちの助けにただ乗りするというのは、感心しません。病気ならば話は別ですが、社会に対する役割を何一つ果たさないというのは、人間の生き方を放棄していると思います。

どんな動物でもそうであるように、人間も必ず親離れをして、自分で生きていかなければなりません。ずっと親のすねをかじって生きていくのは、やはり自然ではありません。カンガルーが、親と同じぐらいの大きさになっても、袋に入っているようなものです。

今いるコミュニティがどうしても合わず、肉体的にも精神的にもつぶれそうだというのなら、積極的にそのコミュニティから逃げ出して良いと思いますし、そこに戻る必要もないと思いますが、一切のコミュニティに加わることを放棄するというのは、ちょっと違うのではないかと思います。社会に対して何らかの役割を果たす、それが人の基本的な生き方ではないかと思います。

もっとも現代の「ひきこもり」のなかには、ある種の精神疾患を患っている人も少なくないと言われています。両親の過干渉、過保護、それに思春期の挫折を乗り越えられなかったケースもあると言われています。そうした人の場合、気持ちの持ちようや考え方を変えたくらいでは、ひきこもりから抜け出せるものではないのかもしれません。その問題に踏み込むと難しくなるので、このあたりにしておきます。

いじめから逃げ出せるかは親次第

世間を騒がせるニュースといえば、「いじめ」の問題もあります。いじめられて自殺してしまったという子供は、今も後を絶ちません。

いじめに関しては、他人事ではないという人もいるでしょう。学生時代に自分自身がいじめられていたという人もいれば、お子さんが学校でいじめられているという人もいるかもしれません。うちの子は大丈夫と考えている人も、もしかしたら気付いていないだけかもしれません。

小学生や中学生は世界が狭いですから、その世界でいじめられると、逃げ場がなくなってしまいます。その絶望感は味わった人にしかわからないことでしょう。

そこから救い出すには、親が「逃げていいんだよ」と示すことが必要です。親がそうしないと、子供は自分では逃げられません。転校するならなおさら、親に手続きなどを頼むことになります。

しかし、親に言わない子もいるようです。プライドの問題なのか、親に心配をかけたくないのかはわかりませんが、いじめられているのを親に知られたくないようです。

そうした子供の心の中まで読めなくとも、親としては、子供がいつでも悩みや苦しみを打ち明けられる関係を作っていくべきだと思います。「お父さん、お母さん、辛いんだ」と言えるような空気を親がこしらえることが大切です。中学生ぐらいなら、大人扱いしないで、甘えさせて良いのではないでしょうか。

犬の生き方より、猫の生き方を選べ

二〇一七年、真っ昼間の電車内を、キックボードで走った男が書類送検されたというニュースがありました。キックボードとは小さな車輪の付いた板の上に足を乗せ、もう一方の足で地面を蹴りながら移動する遊具です。この男は、ＪＲ湘南新宿ラインの横浜―武蔵小杉間を走行中の電車の中を、四車両に渡り、走り抜けたそうです。

まったくふざけた男ですが、このニュースで最も驚くべきことはそれではありません。なんと、捕まったのは、五十九歳の大人の男だったのです。六十歳は還暦と呼ばれ、人生の一回り目が終わり〝子供に還る年齢〟といわれていますが、この男はそれを待たずして子供になってしまったのでしょうか。「見た目は子供、頭脳は大人」というアニメの名探偵がいましたが、「見た目は大人、頭脳は子供」ではどうもいただけません。

このニュースはほんの一例ですが、近頃は年齢に関係なく、迷惑行為をする人が増えているように思えます。暴走族だと思って捕まえたら、四十代の男だったという事件もありました。街を歩いていても、若い人だけでなく、いい年をした大人がゴミをその辺に捨てたり、列に割り込みしたりします。

こういう迷惑行為を見たときに、正義感の強い人なら、「見て見ぬふりをするなんてできない。注意してやろう」と思うかもしれません。その気持ちは私もわかりますが、私は、注意しないほうが身のためだと思います。そんな人間に注意したところで、絶対に理解しないからです。

誰が見ても明らかな迷惑行為をするような人は、もはや人間ではなく、野生の猛獣だと私は思います。猛獣なのですから、人間と同じような感性を持っているはずがありません。注意したら問答無用で襲いかかってきても不思議ではありません。

実際、非道徳な迷惑行為を注意したら、その行為の主から暴行されて亡くなったというニュースも頻発しています。例えば、高速道路のパーキングエリアで、駐車禁止エリアに車を停めて進路をふさいでいた二十五歳の男に注意したご夫婦が、高速道路上で執《しつ》拗《よう》に追いかけまわされ、高速道路上に強制停車させられて、後続のトラックに追突されてお亡くなりになった事件がありました。このご夫婦と残された二人の娘さんはあまりにも気の毒ですが、このような異常な人物は世の中にたくさんいるのです。

こうした人物は相手にしないことが一番なのでしょうが、先日亡くなった私の叔父は、若い頃からヤンチャで何度も喧嘩をして、老いても、このようなトラブルに備えて常に戦う準備をしていました。叔父が亡くなった際、形見分けでもらった彼の愛車のトランクからつるはしの柄が出てきたのを見たとき、「おっさん、考えよったな」と思いました。木刀だと明らかに凶器なので、警察に車を停められたときにとがめられますが、つるはしの柄だと凶器ではなく道具なので言い訳が立ちます。この叔父の「備え」は決しておすすめはしませんが、異常な人物とトラブルになったらどう対処するか、シミュレーションくらいはしておいたほうがいいかもしれません。

まともな話が通じない凶暴な人間はどこにいるかわかりません。街で肩と肩がぶつかったとき、因縁をふっかけてくるような相手には、喧嘩などしないほうが賢明だといえます。そういう輩は、たいがい誰かを殴りたくて仕方ないからです。相手が殴ってきたら、正当防衛という大義名分ができ、相手を殴ることができるので、相手から殴ってきてほしいのです。そんなときは素直に謝ってしまいましょう。第三章で、「損得勘定で考える」という話をしましたが、ケンカをしても一円も得しません。その時間を銭儲けに使ったほうがよほど有意義です。

「プライドの問題だ」と考える方もいるでしょうが、自分のプライドを守っても、何もいいことはありません。仮に喧嘩で勝ってもいいことは何もありません。下手すれば、相手に重傷を与えたり、最悪は死に至らせるということもあるかもしれません。狂犬みたいな相手と喧嘩して、刑務所に入ったり、何千万円の賠償金を払わされるのは馬鹿馬鹿しいかぎりです。

人間を見るとワンワン吠えて威嚇《いかく》する犬がよくいます。私はそんな犬を見ると、この犬はなぜ吠えるのだろうと思います。自分のテリトリーが侵されているわけでもなく、飼い主が危険な目に遭っているわけでもなく、子犬が襲われそうになっているわけでもないのに、吠えて威嚇するのはなぜなのか。もしかしたら、人を威嚇して、その人が逃げたり怯えたりするのが気持ちいいのではないでしょうか。それ以外に考えられません。

私の子供の頃は町に野良犬がたくさんいました。野良犬の中には、吠えながら人や子供を追いかける犬もいました。別に人間を食べようというのではありません。子供が怖がって逃げるのが楽しいのです。

しかし、そんなことをしても何も得はしないのです。食べ物を得ることもできません。反対にリスクはたっぷりとあります。気の荒い大人に、蹴られたり、棒で殴られたりする危険があるのです。それなのに、小さなプライドと優越感（？）をかけてキャンキャン吠えるあたりは、人間とすごく似ているような気がします。

それに対して、猫は絶対に人間を威嚇しません。危険があると思ったら、絶対に近寄らず、逃げてしまいます。たとえよちよち歩きの幼児相手にも威嚇は一切やりません。なぜなら、そんなことをしても何も得をしないからです。猫は利益にならないことはしないと決めているように見えます。

話が少し脱線しましたが、私は、犬ではなく猫のように生きるほうが賢いな、と思います。

と、偉そうなことを書いてきましたが、私自身は電車などで迷惑行為を行なっている輩を見ると、「やめんかい！」と怒鳴りつけてしまうことがあります。もう還暦を過ぎて二年も経つので、これからは猫のように生きようと思っています。

人間関係の悩みは、本当は些細なこと

人間関係の悩みは、本人にとっては、すごく苦しいものだとは思います。しかし私の本音を言えば、人間関係の悩みの多くは些細なことと考えています。なぜなら、人生には、はるかに大きな悩みごとがたくさんあるからです。

たとえば、大病にかかって余命いくばくもない、自分の体の一部を失った、一生かかっても返し切れないような借金を抱えてしまった、家族が全員死んでしまった、災害で家がなくなってしまった……。こうした悩みに比べたら、人間関係の悩みなんて、取るに足らないことです。

東日本大震災や阪神・淡路大震災では、頑張ってやっと建てたマイホームが災害でなくなってしまった人がたくさんいます。少し不謹慎な言い方かもしれませんが、そういう人の中に、それまで一番大きな悩みが「一緒に弁当を食べる友達がいない」という人がいたとしたら、その人はそれを思い出しただけで、アホらしくて、昨日の自分を殴りたいと思うことでしょう。

　また、日本が第三次世界大戦に巻き込まれて、空からミサイルが降ってくるときに、「フェイスブックのコメント、何を書こう」などと悩みません。全力で逃げることだけを考えることでしょう。

　そう考えると、人間関係の悩みなど、小さなことだと思いませんか？

　こんなことを書くと、「今は戦争中じゃない。そんな仮定は何の参考にもならないし、役にも立たない！」と言って怒る人がいます。たしかにそうなのですが、日本が戦争をしたのは百年も昔ではありません。私の父や叔父は戦争に行きましたし、この本を手に取ってくれている読者のなかにもそうした人がいるかもしれませんし、あるいは祖父や祖母が戦争体験者の方もいらっしゃるでしょう。

　それに現代でも、戦争ではなくても大変な目に遭われている方はいくらでもいます。東日本大震災や阪神・淡路大震災では、大きな被害に見舞われた方が大勢いました。災害で亡くなってしまった人がたくさんいます。

　そういうことを少し考えてみただけで、今の自分の悩みが本当にすごく大きなものなのかがわかるのではないでしょうか。

話は少し逸れますが、同じことでも、人によっては「死んでしまいたくなる」と悩む人もいれば、悩みとも思わずケロッとしている人もいます。

前に、歌手の千昌夫《せんまさお》さんと電話で話す機会があったのですが、一時は三〇〇〇億円もの借金があり、いまだに一生返しきれないほどの借金を抱えているのに、ものすごく明るいのです。僕の友達にも、借金を抱えて自己破産してしまっているのに、「毎日楽しい」とニコニコしている人がたくさんいます。この人にお金を貸した人が気の毒になるほどです。

また、余命宣告を受けているというのに、バイタリティに溢れていて、毎日をエンジョイしている人も山ほどいます。震災で家や家族を失っても、明るく生きている人もいます。

つまり、そのことを悩みと思うかどうかは自分次第なのです。

人は、悩みごとがなくなったら、新たに悩みごとをつくってしまう

人は、面白いもので、悩みごとがなかったら、悩みごとをつくってしまう生き物で

す。一つその悩みが解消したら、また別の悩みを見つけ出します。人間は、悩みを見つけ出すのが本当に上手です。仕事もあり、親も健在で、妻も子も元気で、健康だというのに、悩みを抱えている人はいくらでもいます。ところが、そうした人の悩みは、はたから見たら、なんでそんなことで悩んでいるのか、と思うことがほとんどです。

私は思うのですが、人間というものは、幸せになればなるほど、悩みのレベルが下らなくなってくるようです。それに視野がどんどん狭くなってきます。でも、自分の数メートル四方の世界だけでなく、もっと世界に視野を広げれば、小さなことで悩んでいる自分に気付くはずです。

視野を広げるためには、読書や映画鑑賞をすることが必要です。

私がおすすめするのは、オーストリアの精神科医であったヴィクトール・E・フランクルが書いた『夜と霧』（霜山徳爾訳と池田香代子訳の二種の翻訳あり、みすず書房）という本です。第二次世界大戦中に自身が収容された、アウシュビッツなどの強制収容所での体験と、強制収容所全体の解説を記した本です。ヒトラーのナチスがつくった強制収容所では、八〇〇万人ものユダヤ人や戦争捕虜が残虐きわまりないやり方で殺されました。

私がこれを読んだのは十六歳のときです。ものすごい衝撃を受けました。世の中にこまでの悪があるのか、と震えがとまりませんでした。

何の罪もないユダヤ人が一挙に「チクロンB」という毒ガスで殺されたことは有名ですが、それ以外にも人間の所業とは思えないほど残忍な拷問、「脱疽菌を植え付ける」「冷たい氷水に漬ける」といった人体実験、少しでも手を休めるとすぐ殴打される強制労働が行なわれました。また虱《しらみ》と伝染病に絶えず悩まされる劣悪な環境、病気に対する無治療(収容所の監督者が薬を横流ししていたのです)、飢餓の蔓延《まんえん》(フランクルの場合、一日の食事は三〇〇グラム以下のパンと一リットルの薄いスープだけでした)など、地獄という表現でもまだ足りないくらいです。

そんな環境にあって、フランクルは精神科医として、努めて客観的に自己を分析しながら生き延びます。彼は著作の中で、強制収容所における精神状況について次のように語っています。

「苦悩する者、病む者、死につつある者、死者——これらすべては数週の収容所生活の後には当り前の眺めになってしまって、もはや人の心を動かすことができなくなるのである」

十六歳の私はこの本を読み、ここに収容されたユダヤ人たちと比べたら、自分の悩みなど本当にくだらないものだと思えてきました。

それ以来、この年まで、本当に心からの悩みというものを持ったことがありません。

もちろん、そんな人生を送れてきた幸運を感謝するばかりです。

ちなみにナチスによる残虐行為は、世界の歴史の中では決して例外的な事件ではありません。悲しいことに人類はそうしたことを繰り返し行なってきました。二〇世紀に入っても、ソヴィエト連邦や中華人民共和国の大量粛清、ポルポト政権のカンボジアにおける大虐殺、またアフリカ諸国でも内乱による民族虐殺はしょっちゅう起きています。二一世紀の現代でも、生き地獄としか形容できないような状況の中で暮らしている人々が世界には大勢います。その人たちと比べてみたら、「今の自分は、バチが当たるぐらい幸せだ」と思えてくるはずです。

第五章

逃げてはいけないとき

「自分に合わない」という理由で辞めるのは、悪い逃げ方

第三章で、私は「ブラックな職場やパワハラ上司からはとっとと逃げろ」と述べました。そのことと、少し矛盾するように感じるかもしれませんが、私はどんなときでも逃げていいとは思っていません。

最近の新入社員は「三年以内に三割が辞める」と聞きます。これは私には「逃げるのが早すぎではないか」と思われます。「ブラックすぎて自分の身がもたない」「犯罪一歩手前の仕事をしている」「職場で強烈ないじめがある」といった常軌を逸した会社でない限り、あるいは、第一章で書いた大手広告代理店の女性社員のような特殊なケースでない限り、新入社員が入社一～二年目のうちに辞めるのは、辛抱がなさすぎるのではないでしょうか。どんな仕事でも、三年ぐらい働いてみないと、その仕事の面白さや難しさなどは、何もわからないからです。

一、二年で辞めてしまう人は、「この職場は、自分に合わない」などと言いがちですが、一、二年いた程度で、自分に合うかどうかなんて判断できません。

若い人が、「自分に向いていない」「合わない」というのは、たいがい、上司に怒られたり、仕事がうまくいかなかったりしたことがあったときです。もし、そうだとしたら、あまりにも甘すぎます。

それまで学生だった人が急に仕事ができるほうが不思議ですから、多少は怒られるのも仕方がありません。少し言われたぐらいで凹《へこ》んでいたら、仕事なんてできません。

そもそも、「自分には合わない」などという人は、仕事のことを「遊び」や「サークル活動」のように考えているのではないでしょうか。しかし、仕事とは、銭儲けのための手段です。銭儲けは簡単なことではありません。楽しくお金がもらえる仕事があったら、すでに誰かがやってしまっています。

会社は新入社員に対しては、その人の市場価値より高い金額を払っていることが少なくありません。なぜなら新入社員は仕事のスキルが低く、ノウハウも持っていません。会社は、今は能力が低くてもいずれは戦力になってくれるだろうという期待料込みで、給料を払っているのです。仮に、新入社員のあなたの給料が月二〇万円だとしたら、本当にあなたの働きが月二〇万円分の値打ちがあるか、考えてみてください。もし、今の仕事を学生アルバイトにお願いしたとき、その金額で引き受けてくれるかと考えれば、わかりやすくなります。その学生が「そんな仕事で月二〇万円ももらえるなんてラッキー！」と思ってくれるとしたら、あなたは相当恵まれていると考えていいでしょう。

最近は、「好きなことを仕事にしたい」などという人が増えているようです。そう考える人は、辛い仕事なんてとっとと逃げ出して、楽しい仕事を見つけ出したほうが良い、と思うのでしょうね。でも、そうやって、若いうちから次々と職場を変えていれば、逃げグセがつきます。すると、じっくり仕事を学ぶ機会がないので、どの仕事も中途半端なまま、四十代、五十代を迎えるのです。どの仕事もまともにできない五十代なんて目もあてられません。そうなったとき、自分の過ちに気付いても、時すでに遅しです。

だから、新入社員は、とにかくその職場でベストを尽くし、その職場でトップを目指すことが必要だと思います。合うかどうかを決めるにしても、三年間、徹底的に頑張った後でも遅くはありません。

「やればできる」が日本をダメにする

「こんな仕事はやっていられない」「本気を出せない」などと言って、目の前の仕事を真剣にやろうとしない人もいると聞きます。これも、ある意味「悪い逃げ方」といえるでしょう。真剣にやると、自分の実力不足に気付いてしまうので、本気で向き合うことから逃げているのです。

こういう人が生まれてくる元凶は、ある一つの言葉のせいではないかと私は思っています。それは、「やればできる」という言葉です。

最近は、親や先生が、子供に自信を持たせるために、「○○ちゃんはやればできる」というような言葉をよく使います。そうして育ってきた子供は、自分でも知らず知らずのうちに、「自分はやればできる」と思い込むようになります。

しかし、これが思わぬ悪影響を招いています。それは、大人になっても、「やればできる」と言って、自分の心を騙してしまうのです。

「自分はやればできる」と思ってさえいれば、何もしていないのに、根拠のない自信を持つことができます。自信のない自分を奮い立たせることができるのです。また、「今はやっていないけれども、本気でやればできる」などと現実から逃げるための言い訳にも使えます。

　しかしこうして、仕事に本気で向き合うことなく逃げ回っていると、成長しません。「自分は何ができて、何ができないのか」「自分の能力がどれぐらいあり、限界はどこなのか」がまるっきりわからず、どのような努力をすればいいかがわからないからです。気がつけば、何のスキルも持たないまま、三十代、四十代になってしまうのです。恐ろしいことだと思いませんか。

　これは、魯迅《ろじん》の『阿Q正伝』に登場する阿Qに似ています。貧しい農民である阿Qは、頭が悪いのでしょっちゅう皆にバカにされていて、たまにケンカをしてもボコボコに負けるのですが、プライドだけは人一倍高いので、「精神的勝利」を得ようとします。「あいつが俺を殴るのは俺のほうが偉いからだ」などと、なんでも良いように解釈して、プライドを保っています。しかし、努力をまったくしないので、何も上達することなく、最終的には他人にいいように利用されて悲惨な死を遂げます。魯迅は、阿Qを「清帝国」と「中国人」の象徴として描いたのですが、私は現代の日本にも阿Qのような人間はたくさんいると思います。

「やればできる」の言葉を使っていいのは、過去にそれをやった実績がある人だけ。何も実績がない人が使っていい言葉でありません。私は、「やればできる」という言葉は、日本をダメにする言葉であり、本気でなくしたほうが良いと思っています。

またこう言う人は、「周囲は自分のことをわかっていない」「皆、俺のことを誤解している」とも言いがちですが、周囲の人は、その人のことを正確に理解しています。十人中、八、九人が「あいつは全然仕事ができない」と言っていたら、その人は絶対に仕事ができませんし、周囲に「心が弱くて、すぐ引いてしまう人間だ」と言われている人は、まず間違いなくそういう人です。逆に、自分のことは自分が一番わかっていないと考えたほうが良いでしょう。

テレビ業界で伸びていくのは、素直な人

私が三十年間も生きていたテレビ業界にも、若いディレクターの中には根拠のない自信に充ち溢れているタイプの人がいます。そういう人は往々にして、先輩が忠告しても「いや、僕はこれでいけると思うんです」などと答えて、頑として自分のやり方を変え

ず、その結果大失敗に終わったりします。

私の経験から言えることは、テレビ業界で伸びていくのは、素直な人です。先輩に「こういうときはこうやるんだよ」と言われたときに「わかりました」ときちんと従う人です。稀《まれ》に一〇〇人に一人くらいすごい逸材がいて、自分のやり方で成功する人もありますが、そんな天才でもないかぎり、先輩の言うことを聞かない人はまず伸びません。

これはテレビ業界に限らないことだと思います。たとえばプロ野球の世界でも、イチローのような天才バッターでもない限り、コーチのアドバイスを聞かない新人はまず伸びることはないでしょう。

また「やればできる」と考えている人と同様に、自分のできないこと、自分の限界を知らない人も問題です。こういう人に「〇〇日までにこの仕事をやってください」とお願いして、「わかりました」という返事をもらっても、彼はしっかりした見通しに基づいて引き受けたわけではありません。なんとなくできると思って引き受けているのかもしれないのです。それで、いざその締切日になると「すみません、できていません」などと聞かされるはめになります。

私の知り合いの経営者や管理職が、よく嘆くことの一つにそれがあります。「早めに『できません』と言ってくれたら、対処のしようがあるのに、土壇場になって『やっぱりダメでした』とか『もう無理です』と言ってこられたら、どうにもできん」

ベストを尽くすことと、できないことをできると言うことは違います。こういう人は、後悔はしますが、決して反省はしません。繰り返しますが、本当に「やればできる」人は、過去に「やればできた」経験を持っている人です。そういう人は「やればできる」と堂々と言える資格のある人です。

努力しても意味はないのか

仕事に真剣に向き合わない理由として、その人が「努力しても意味がない」「何かに挑戦しても仕方ない」と考えてしまっていることも挙げられます。聞くところによれば、最近は、「努力を馬鹿にする」「チャレンジを避ける」ような風潮が若者の間で出てきているということです。

世の中、努力をしたり、何かに挑戦しても報われるとは限らないという知識を仕入れてしまったがために、「どのみち成功しないなら、最初から努力しないほうが得なのではないか」と考えているわけですね。学生の頃から、「一所懸命勉強して東大や京大に行っても、大して人生は変わらないんだから、そんなに勉強しなくてもいいのでは」などと考える高校生が増えているそうです。

確かに、人間、努力や挑戦をしても報われるとは限りません。しかし、努力、挑戦をしなければ、成功しないのも事実です。

何にも積極的に取り組もうとせず、一日中ただただスマホのゲームばかりしている人も少なくありません。そのスマホのゲームでも、いわゆる「落ちゲー」とよばれる、画面の上部から降ってくるものを動かすパズルゲームに根強い人気があるそうです。なぜ人気があるかというと、かなり易しいゲームで、頭をひねらなくとも次々にクリアしていく快感を味わえるからだとか。私は難しいゲームに挑戦するからこそ面白いのではないかと思っていましたが、最近はそうした面倒くさいゲームよりも、さくさく進んでいくゲームが選ばれることが多いようです。ゲームをするなら、せめて難しいゲームにチャレンジしてみたらと言いたくなります。

努力や挑戦をしないことは本人の勝手ですが、人生一度きり、全く努力や挑戦をしないというのは、もったいないことではないかと思います。五十歳、六十歳になったときに、「自分の人生、何だったのだろう」と後悔することになってしまうかもしれません。繰り返しますが人生は一度きり。ゲームのように何度もできるものではなく、リセットもないのです。

生活のために働く必要がない若者たち

前に埼玉県の青年会議所に招かれて講演したことがありましたが、そのとき、車で送り迎えをしてくれた三十代の役員の方は、中古自動車販売の社長で、車中でいろいろな話を伺いました。

中古自動車販売で最も大変なことは何ですか、という私の質問に、彼は「車を洗うことです」と答えました。

「とにかく、ピカピカにしておかないと車は売れません。ですが、特に夏の炎天下で車をずっと洗うことがしんどくて、夏によく従業員が辞めてしまうんです」

そこでしょっちゅう求人広告を出すが、最近はなかなか応募が来ないとのこと。仕方がないので求人のたびに初任給を上げる。最初は二三万円だったのが、二四万円、それでもなかなか来ない。それで二五万円にする。それでも来ない。

それでその方は頭にきて、「もう初任給は一八万円だ」と。でもそのかわり、「土日は完全休日。残業一切なし」と求人広告に書いた。すると応募がどっと来たそうです。それを見て彼は思わず、「どういうことだ。この人たちはお金が欲しくないのか。金よりも休みたいのか……」と呟《つぶや》いたそうです。

そこで私は彼に、「土日に完全休業を取るその若い人、休日に何をしてるんですか?」と訊きました。すると、彼は「なんにもしてません」と答えました。

「たとえばみんな集まって海行ってサーフィンするとか、あるいはどこかに旅行に行くとか、そんなことしないんですか?」

「そんなことしたいやつはお金が欲しいんです」

「なるほど」

「私も気になって、一度『お前何してるのか』って訊いたことがあるんです。そしたら

『いや、別に』と。別にということはないだろう、なんかしてるだろって訊くと、『そうですね、スマホでゲームしてますね』と言うんです」

彼の会社は県内に営業所がいくつかあるのですが、その若者を別の営業所に異動させようとしたところ、若者は辞めてしまったのだそうです。理由を訊くと、「家から遠くなるので……」。たしかに少し遠くはなりますが、二十分の通勤時間が四十分になるだけのことです。彼は唖然《あぜん》としたそうです。

その若者は両親と暮らしているので、衣食住の心配はなく、小遣いを稼ぐために働いていたようです。だから、少しでも気に入らないことがあると簡単に仕事を辞めるのです。夏場に洗車がきついと辞めてしまう若者が多いのもうなずけます。

いまの日本にはこんな若者が数多くいます。総務省の統計によると、二〇一六年の時点で二十歳～三十四歳までの未婚者で親と同居している人の数は、九〇八万人。このなかには大学生も含まれますが、相当数の若者が生活のために働く必要がない状態にあることが窺《うかが》えます。ですから、この仕事で食べていくんだという覚悟が生まれにくい状態になっているのではないでしょうか。

「好きな仕事をして生きよう」と考えると苦しくなる

先日、書店に行ったら、堀江貴文さんが『好きなことだけで生きていく。』（ポプラ新書）という本を出していました。堀江さんに限らず、「好きな仕事」をすることをすすめる人は増えているように感じます。それを説く人は皆、人生の成功者です。彼らの仕事は実業家であったり、スポーツ選手であったり、タレントであったり、作家であったり、ミュージシャンであったりします。そんな人たちの言うことの影響を受けているのか、「好きな仕事をしたい」と言って会社を辞める人が増えているようです。

しかし、こうした考えを持つ人は少し危険なのではないかと思います。こんな言い方をするのは身も蓋《ふた》もありませんが、何万人に一人の才能を持った成功者の言葉は、一種の麻薬のようなものです。決して万人に効く言葉ではないと思います。

また「好きなこと」をするのは「金を払うとき」です。カラオケ、スキー、ドライブ、スポーツ観戦——どれもお金を払って楽しむものです。極論すれば「好きなこと」というのは「趣味」なのです。趣味を楽しんで、その上お金までもらえる——そんな極楽みたいな世界があるなら、私もあやかりたい。

少し厳しい言い方をしましたが、「好きな仕事」を追い求める生き方は、本当に好きな仕事が見つからなくなるような気がします。

仕事をしているうちに、その仕事の醍醐《だいごみ》味を感じて、好きになった、というなら、話はわかります。仕事の醍醐味や喜びはじっくりやってみないとわからないものです。言い換えれば、どんな仕事でも、じっくりやっていれば、醍醐味が見えてきて、好きになってきます。

「好きな仕事をしたい」という人が増えた背景には、「仕事で自己実現をしたい」という願望があるのだと思います。これは、世の中が恵まれている証拠です。三百年前に、「自己実現するために仕事をしよう」「好きなことを仕事にしよう」などと考えていた人はいません。漁師にしても、百姓にしても、自分が生きるために必死で仕事をしていたのです。藩がつぶれて浪人になった侍《さむらい》も、どうにか食い扶持《ぶち》を稼ぐために、江戸へ行って好きでもない傘を張ったり、寺子屋で教えたりしていました。しかし現代は生きていく苦労はあまりありません。いざとなれば、何をしても生きていけます。だから、仕事に別の意味を求めるようになったのでしょう。

しかし、仕事で自己実現をしようとするのも、少し危険なことなのではないかと思います。おそらく大部分の人は自己実現などできないからです。それを追い求めていたら、自己実現ができない自分が嫌いになり、落ち込んでしまいます。

先ほど、私の父は大阪市の水道局の臨時職員をしていたと述べました。昭和三十年代の大阪はほとんどの道路が未舗装でした。その道路が、雨でもないのに濡れていると、水道管が破裂しているサインだったわけです。父はそれを見つけると、つるはしとスコップで地面を掘って、破裂した水道管を直したのです。

夏の炎天下でも冬の寒空でも、ずっと大阪市内を歩き回って、漏水を見つけたら穴を掘って直す。こんなこと、好きでやっている人なんているわけがありません。でも、みんな自分が食べるため、家族を養うために、辛くて面白くない仕事でも一所懸命に頑張っていたのです。しかしその仕事が世のため人のためになっていると思うと、いつしかやりがいも喜びも生まれてくるものなのです。そして、こんな人たちがいたからこそ、今の日本があります。

仕事に「好きなこと」や「自己実現」を求めすぎてしまうと、はからずも、自分を傷つけてしまう可能性があります。好きな仕事を見つけるという観点を捨てる必要はありませんが、あまり固執しないほうが良い、と私は思います。

そうではなく、仕事は自分と家族を養うためのものと割り切ると、かえって楽になるのではないでしょうか。

忙しい人は、締め切りまで目一杯時間を使っている

キツくて限界だと思ったら、とっとと逃げ出そうと言いましたが、もちろん、それは自分の仕事の改善をしてからの話です。すでに効率アップの努力などさんざんしているという人も多いと思いますが、いま一度、自分の仕事のやり方を見直してみることも大切だと思います。

たとえば、時間の使い方に関しては、見直す余地があるかもしれません。一概には言えませんが、「忙しい」「忙しい」と言っている人に限って、ダラダラと仕事をしている人が多い気がします。

「パーキンソンの法則」という法則を聞いたことがないでしょうか。これは、C・ノースコート・パーキンソンという歴史・政治学者が提唱した法則で、一言でいうと、「仕事は与えられた時間いっぱいに膨張する」ということです。たとえば、「この仕事を午前中いっぱいで終わらせて」と言われると、午前中いっぱいかかるのですが、「一時間で終わらせて」と言われると、不思議なことに、一時間で終わるのです。これは、無意識にそういう時間配分をしてしまうのですね。しかも、午前中いっぱいかけても、一時間しかかけなくても、出来栄《ば》えがそれほどかわらなかったりするものです。

おそらく「忙しい」と感じる人は、たくさん時間があると思って仕事をしているのでしょう。だからついついムダなことをやってしまうのでしょう。

また、時間がたっぷりあると、「意味もなくダラダラ迷っている」ことがないでしょうか。「あと一時間ある」というと、ああでもないこうでもないと制限時間いっぱいまで考えてしまったりするのです。しかし、決断するとき、時間をかけてもかけなくても同じということは少なくありません。「五分で決めろ」と言われれば、それなりの良い結論を導き出したりするものです。逆に、時間をかけすぎたことで、余計な考えが入ってしまい、直感で決断したときよりも、悪い決断をしてしまうこともよくあります。

忙しいと思う人は、期限を短く設定したり、仕事時間を少なめに設定したりすることをおすすめします。「一日八時間あるのに、四時間しかない」などと考えるのです。

「そんなにうまく自分を騙せない」という人がいるかもしれませんが、そういう人には、自分の人生のタイムスケジュールを考えることをおすすめします。「六十歳で死ぬとしたら、あと二十年しか生きられない」などと考えると、自分に残された時間は少なく、ダラダラ迷っているヒマなどないことに気付くはずです。

自分の生産性が最も高いスタイルは何かを考えることも、大切だと思います。

たとえば、私が小説を書くときは、一日十時間、一カ月休みなしでガーッと集中して書いてしまい、書き上げたら二、三カ月何もしないという方法をとっています。作家によっては、毎日六時間ずつコツコツ書くという人もいるようで、そちらのほうがたくさん書けるかもしれませんが、私にとっては一気にまとめて書くほうが性に合うようです。

皆さんも、自分に合ったスタイルを見つけ出してみてください。

少し話が脱線しました。「逃げること」は大切なことですが、何でもかんでも、ただ逃げればいいというものではありません。「逃げぐせ」がついてしまうと、一生逃げて終わるということにもなりかねません。

第一章で、トムソンガゼルは、チーターが一〇〇～三〇〇メートルまで近づかないと逃げないという話をしました。それ以上の距離があるのに逃げるのは、体力の無駄と知っているからです。野生動物にとって体力の無駄遣いは死に近づくことを意味します。

皆さんもトムソンガゼルに倣《なら》って、賢い逃走をしてください。危険もないのにやたらに逃げるような真似は、結局のところ、人生を無駄に過ごすことにもなりかねません。

最後に、当然のことを申し上げて、この章を終えます。

戦わなければ家族や自分を守れないときは、絶対に逃げてはいけません。そのときは命を懸けても戦ってください！　そこで逃げるのは本当の卑怯者であり、臆病者です。

第六章

突発的危機から逃げる

消防団員の後悔

この章では、突発的な危機に対してどう対応すべきかについて、取り上げたいと思います。

日本は世界でも稀《まれ》な天災国です。地震、台風、大雨、大雪、火山の噴火と、毎年のように自然災害に見舞われます。

そして、日本人にとって最も警戒しなければいけない災害は、やはり地震でしょう。台風なら事前にコースも規模もわかりますし、対応策もそれなりに取ることもできます。大雨、大雪も、ある程度までは対処可能ですし、火山の場合はかなり地域が限定されます。しかしながら地震だけは、事前に察知することもできないし、いざ大型地震が起きた場合は、机の下にもぐるくらいしか対応策はありません。

内閣府中央防災会議によると、マグニチュード7程度の首都直下型地震が今後三十年間で起こる確率は、実に約七〇パーセント。また、近畿地方や四国や九州を襲う南海トラフ地震が、今後三十年間で発生する確率も約七〇パーセントです。それほど遠くない将来、日本列島が東日本大震災クラス、あるいはそれ以上の災害に見舞われる可能性はかなり高いのです。

東日本大震災では、一万九五七五人もの死者・行方不明者が出ましたが、死者の死因の九〇％以上が「溺死」だったそうです。すなわち、地震が発生したのち岩手県、宮城県を襲った津波が、無数の人の尊い命を呑み込んでしまったのです。圧死・窒息死が死因の約八割に上った阪神・淡路大震災とは対照的でした。

阪神・淡路大震災では、倒壊した家屋や家具の下敷きになってしまって亡くなった方が多かったのですが、東日本大震災の場合は、津波到来までの三十〜四十分間の間に、津波から逃げ切ることができなかった方が多く亡くなったのです。

ＮＨＫ東日本大震災プロジェクト著『証言記録　東日本大震災』（ＮＨＫ出版）に、岩手県陸前高田市の消防団員熊谷栄規さんの証言が掲載されているのですが、私はそれを読んで思わず涙ぐんでしまいました。熊谷さんは地震発生後、まず同市高田町の西の水門が閉まっているかを確認します。その後、消防団の屯所《とんしょ》に戻る途中のことです。

自宅の前を通りかかって、パッと見たら、うちのが一人立っていたんですよね。庭にぽつんと立っていたことだけ覚えているのね。時間は3時過ぎ……5分から10分だったと思います（百田注　地震は十四時四十六分に発生）。

でも俺は、車を降りて「何やっているんだ、早く逃げろ」とは言わなかったんだよね。「あ、いるな」と思いながらも、「避難してください」とアナウンスしながら駅の方角、海の方に向かっていったんです。そのときはまだそんな大きな津波が来るという思いがなかったんだね。

その後、十五時二十五分頃に大津波が発生します。熊谷さんは「壁のように」押し寄せてくる津波を見て、スーパーマーケット「マイヤ」の屋上に一目散に避難します。高田町が津波に呑まれていくありさまを目《ま》の当たりにした後、熊谷さんは激しく後悔します。

家族のことを思い出したのは、落ち着いて火に当たりながらブルブル震えているときでした。息子たちは小学校と中学校で、下校前だから多分大丈夫だろうと。女房のことを最後に見た、庭でぽつんと立っている姿を思い出して、ああ、ダメかもしれないと……。

町がなくなるところを、目の当たりに見たわけじゃないですか。そうなれば家もなくなる、店もなくなる。これから先はって、ふと思いがよぎったときに「うちのさえ生きていれば、なんとかやっていけるんだよな」と思ったんです。これからどんなことがあってもね。「ああ、あいつさえ生きていればなんとかやっていける。でも、ダメだった」と思いました。

なんであのとき消防車を降りて、なんで自分の奥さんに「逃げろ。何やっているんだ、早く山に上がれ」って言わなかったんだろうなと思いました。よそのじっじ、ばっばを逃がしている場合じゃなかったと。最初に逃がすのは家族だべと。自分の奥さんだべと。なんで俺、それをしなかったんだろうと。最後にすぐ横を通り過ぎていたから、翌朝まで後悔、後悔、後悔だね。不安そうにぽつんと庭に立っていた姿があまりに印象に残っていてね。今も忘れられません。

しかし一夜明け、熊谷さんはかすかな希望を取り戻します。亡くなったのではと思っていた、消防団の分団長に再会したのです。ならば自分の妻もまだ生きているかもしれないと、がれきの山と化した町の中を探しに行きます。ほうぼうの避難所を回った末に、熊谷さんは町のはずれの小さな公民館に、子供と一緒に避難している妻の和江さんの姿を見つけることができました。

見つけたときはどんな声をかけたかも、何を思ったのかもあまりよく覚えてないよね。ただ、「ああ、生きてた」って、それだけ。「生きていてくれた」というそれだけだったね。あとは何も覚えていないね。お互い泣いてたからね。

とっさのときに落ち着いて行動するために

熊谷さんの妻の和江さんも、熊谷さんが庭で見かけた後に避難し、九死に一生を得たのでしょう。避難を始めるタイミングが生死の別れ目となったのです。

実際に地震発生後、岩手県、宮城県の海沿いの人たちは、どのような行動をとったのでしょうか。内閣府中央防災会議の避難者へのアンケートによると、岩手県釜石市では三人に二人が「すぐに避難した」と回答。宮城県名取市の場合は「すぐに避難した」は六割弱でした。

一見、過半数の人が即座に行動を開始したようにも見えますが、このアンケートは生き残った人たちのアンケートです。津波で亡くなられた人の中には、すぐに避難しなかった人がかなりおられたであろうと考えると、実際には、すぐに避難しなかった人の割合はもっと高くなると推察されます。

では、犠牲者たちはなぜ逃げ遅れてしまったのでしょうか。

大きな理由の一つに挙げられているのが予測ミスです。気象庁は地震の三分後に大津波警報を発令しましたが、このときの予想津波高は宮城県が六メートル、岩手県が三メートルというものでした。これに基づき、岩手県釜石市では街頭スピーカーで「三メートル程度の津波が予想される」と住民に呼びかけています。そのため、家の二階に避難したら大丈夫だろうと判断した人も多かったといいます。しかし、実際の津波の高さは約九メートルだったといいます。

気象庁の発表を非難する人もいるでしょうが、予期せぬ大災害が起こったとき、すばやく正確な情報を届けるのは困難なことです。

ですから地震が発生したときは、気象庁の発表する数字にかかわらず、自分の判断で迅速な行動をとらなければいけません。とっさに逃げた後、大した地震でないことがわかったとしても、失うものはほとんど何もありません。「臆病者」と笑われても、何と言うことはありません。むしろ楽しい笑い話が一つ増えたと喜べばいいのです。

東日本大震災に遭われた方の中に、避難せずに、あるいは避難が遅れて亡くなった方が少なくなかったとすれば、申し訳ないということを承知で書きますが、津波に対する危機意識が足りなかったせいではなかったかと思います。

これは勝手な想像ですが、江戸時代なら、あるいはもっと被害が少なかったのではないだろうかという気がします。当時の人は天災に対しては常に危機意識を持ち、古《いにしえ》の記憶を大切にしていたからです。その証拠に、東日本大震災で襲った津波は江戸時代の旧街道までは到達しなかったというデータがあります。つまり昔の人は、津波がどこまでやってくるかということを知っていたのです。

二〇〇四年にインドネシアで大地震が起き、多くの人が津波で命を失いましたが、津波の犠牲者がほとんど出なかった村があったということで話題になりました。その村では昔から「海が引けば、山に逃げろ」という言い伝えがあったのです。地震の後、インドネシアでは海が急速に引きました。多くの町や村では、浅瀬に打ち上げられた魚を取りに、大勢の人が浜辺に出たことで、被害が大きくなったと言われています。しかしその村では逆に人々が山に逃げ、津波の被害から逃れることができたのです。

これは極端な例ですが、即座に行動をとるためには、普段から地震が起こることを想定して、その後の行動をシミュレーションしておいたほうがいいのではと思います。

私は誰かと議論をすることになったら、必ず「相手にこう言われたら、こう切り返そう」とシミュレーションを行なうようにしていますが、災害についてもそれは同じだと思います。まず机の下に隠れ、揺れがおさまったら火を止める（揺れている間に行動するのは危険です）、災害用伝言ダイヤル（171）なども活用しながら家族の安否を確かめ、非常用持ち出し袋を手にして地域の避難場所まで避難する……といったシミュレーションを行なうことで、とっさのときも落ち着いて行動できるようになるでしょう。

阪神・淡路大震災でアパートが全壊した友人

私は阪神・淡路大震災を経験しています。幸いにして我が家は大きな被害を受けることはありませんでしたが、友人たちの中には家を失ったり、命を失ったりした人がいます。彼らの話を聞いていると、一瞬の判断力が生死を分けたというのがよくわかります。

友人の一人はアパートに住んでいましたが、揺れがおさまった後、一目散にアパートを飛び出して通りへ逃げました。すると、その直後にアパートは全壊しました。もし、彼が揺れがおさまって安心していたら、もしかしたら命を失っていたかもしれません。

別の友人は別のアパートの二階に住んでいましたが、揺れがおさまった後、下に降りようとしたら階段が壊れていて降りられませんでした。仕方なく明るくなって誰かが助けに来るまで待っていたそうですが、私はその話を聞いて、「なんという危機管理の乏しい奴」と思いました。階段が壊れるほどの被害を受けたアパートに、揺れがおさまったからといって、部屋に居続ける神経が信じられませんでした。幸いなことにそのアパートは崩壊しませんでしたが、運が悪ければ、彼の命はなかったでしょう。

正常性バイアスという恐ろしい心理

東日本大震災で多くの方が逃げ遅れたもう一つの理由は、多くの人が「正常性バイアス」の罠に陥ったことだと言われています。正常性バイアスとは、災害心理学などで使われる心理学用語で、危険なことに遭遇したとき、そのリスクを「危険ではない」ととらえてしまう心理性向のことです。

人間は自然災害や大事故などに遭遇したとき、自分にとって都合の悪い情報を無視したり、過小評価したりしてしまいます。つまり、危険な状況を日常生活の延長線上の出来事としてとらえ、「多分、大丈夫だろう」とか「何とかなるだろう」と考えて、逃げ遅れる原因になってしまうのです。

Jアラートや防災情報を軽視する日本人

どうも現代の日本人は、この「正常性バイアス」が強くなっているような気がします。

その典型的な例が、Jアラート（全国瞬時警報システム）に対する感覚です。日本人はJアラートが鳴っても「まあ大したことはないだろう」と妙に甘く考えてしまうことが多いように思えます。しかし、本当に命を左右するピンチが訪れたとき、正常性バイアスにどっぷり浸っていては逃げ延びることはできません。

政府が発表した調査結果によりますと、北朝鮮が二〇一七年の八、九月に発射した弾道ミサイルが日本上空を通過した際、九割以上の人たちが避難行動を起こさなかったそうです。実際に避難した人は五％にとどまったといいます。国民の意識の低さには呆れてしまいます。

Jアラートなどで発射を知った後に避難をしなかった、できなかった理由として「どこに避難すればよいかわからない」は、まだかろうじて許せるのですが「避難しても意味がない」が約四五％もいたとなると、もう能天気なバカとしか言いようがありません。

どうせ自分のところに被害が及ぶことはないと考えて逃げないのか、あるいは死ぬときはみんな一緒だから恐くないと思っているのかはわかりませんが、いずれにせよ命を粗末にしすぎです。言うまでもなく命は一つしかないのです。失った後で悔やんでもそのときにはどうしようもありません。

もっと呆れた例もあります。滋賀県の教育委員会が、北朝鮮の弾道ミサイル飛来時の対応についての文書を学校などに配布したところ、同県の教職員組合は、「配布文書は子供たちを怖がらせるから回収しろ」と県に要求しました。また神奈川県の藤沢市では、市民団体と称するグループが「Ｊアラートは市民の恐怖心を煽《あお》るから、鳴らすな」と市に要求しました。ここまでいくと北朝鮮の利敵行為としか思えませんが、本人たちは大真面目に主張しているのでしょうから、「平和ボケ」もここに極まれりというところでしょう。

また、同様の話として京都府が気象や避難などの防災情報を配信する「京都府防災・

防犯情報メール」の登録者数が、大型台風が連続接近した二〇一七年九月以降、減少していることもわかりました。続発した台風で大量のメールが配信され、「着信音が気になって眠れない」と登録解除する府民が増えたことが理由といいますから意味がわかりません。

メールでは避難指示や河川の水位、土砂災害、犯罪発生の状況など、それこそ非常時の命綱となる情報が配信されるのに、自らそれを放棄しているのです。

日本人は永らく続いた平和のせいで、どうも危機意識が麻痺《まひ》しているようです。天災、人災はいきなり遭遇するより、事前に情報を得ていたほうが危険度は大きく減少します。本来なら少しでも多く情報が欲しいと思わなくてはならないはずです。

繰り返して言います。命は一つです。最後の最後まで生き延びる努力をしなければならないのです。

第七章

国の危機から逃れる

現在の日本はブラック企業のサラリーマンに似ている

「日本人が逃げる力を失っている」というのは、実は国家全体を通しても言えることです。

現在、日本は大変な危機に直面していると言っても過言ではありません。少し強引な言い方になりますが、会社員に譬《たと》えれば、滅茶苦茶な要求をする得意先（中国）や陰険な同僚（同盟国であるはずの韓国）やならず者のクレーマー（北朝鮮）に、凄まじいイジメと嫌がらせを受けている状況です。そして上司（アメリカ）は見て見ぬふりです。それどころか、「みんなとうまくやれ」と言う始末です。

普通なら、得意先とは取引を止めるか、同僚と大喧嘩するか、クレーマーを一喝するか、上司に辞表を叩きつけるかですが、我慢強い社員（日本）はそれをせず、じっと耐えているのみです。まさにブラック企業でぼろぼろになっても、何も言わずに仕事をしている社員と同じです。

滅茶苦茶な要求をする得意先、中国

言わずもがなですが、現在の日本を取り巻く状況を簡単に述べましょう。

まずは中国です。中国はこの四十年、膨張主義をとり、どんどん領土を広げています。そのやり方も実に露骨で、アメリカ軍の力が少しでも薄らいだ途端に、周辺国の領土を奪ってきました。

アメリカ軍がベトナムから撤退宣言をした翌年の一九七四年には、ベトナムのパラセル諸島の西半分にミサイルを打ち込んで、島を奪いましたし、一九九二年にアメリカ軍がフィリピンから出ていったのを見て、フィリピン近海のスプラトリー諸島の一部を奪いました。現在は、奪った島に軍事基地を建設し、フィリピンおよび南シナ海の安全を脅かしています。そして、次のターゲットの一つであり、仮想敵国とみなされているのが、日本です。

中国政府の高官は堂々と「尖閣《せんかく》諸島を奪う」と公言しています。また尖閣諸島は中国政府の「核心的利益」と言い出しています。ちなみに中国がこれまで「核心的利益」と言ってきたのはチベットと台湾です。つまり中国は尖閣諸島を完全に侵略する意図があるということです。

それだけでありません。中国は「沖縄も中国領である」と言い始めています。いずれ中国は琉球全部を呑み込むつもりなのです。これは杞憂《きゆう》でもSFでもありません。さらに、真偽のほどはわかりませんが、「数十年先に、日本を自治区にする」という内部文書も出てきています。

ニューデリーにある政策研究センター教授で地政戦略家のブラーマ・チェラニー氏によれば、中国の戦術は「サラミ戦術」だといいます。チェラニー氏の分析によれば、「中国は周辺国に対し、小さな行動を積み重ね、いつの間にか相手国が領土を失わざるを得ないような戦略をとっている。時間の経過と共に、中国に有利な戦略的環境に変化し、周辺国は気付いたら、領土を掠《かす》め取られている」というのです。つまり中国はサラミソーセージを薄く切っていくように、徐々にその国の領土を奪っていくのです。

さらに、彼は、「中国は、行動を幾つかの部分に分け、それらを別々に追求し、最後には個別の部分が一体となるように上手く図っている」と指摘しています。

「その結果、相手は不意をつかれ、どう対処していいかわからなくなる。相手の抑止力を弱めるのみならず、開戦の責任を相手に負わせてしまうこともある。つまり、相手は損失を我慢するか、台頭する中国との危険な戦争に直面するかの選択を迫られる」というわけです。

中国の沖縄奪取作戦はすでに始まっています。もし尖閣諸島を単なる無人島だと言って手放せば、何年か後には、与那国島、あるいは石垣島が奪われるでしょう。そして気がついたら、沖縄をすべて呑み込まれているかもしれません。

もちろん、現在は日米同盟がありますから、日本には簡単には手を出せないとは思いますが、日米安保が永遠に続く保証はありません。沖縄から米軍基地がなくならないとは限らないのです。

また中国は和戦両様の構えで来ています。武力を使うのではなく、日本企業や日本の土地を買収することで、水面下で日本を手中に収めようというわけです。すでに東京の一等地や北海道などの土地を中国人が買い漁《あさ》っているといわれます。

私たちは本当に厄介な得意先を持ったものです。

厄介な同僚、朝鮮半島

同じくらい厄介なのはお隣の朝鮮半島です。

まず北朝鮮ですが、この国は何十年も前から、我々日本人の同胞を何百人も拉致《らち》してきました。学生、サラリーマン、ＯＬ、主婦、中には中学生の女の子もいます。まさしく言語道断な所業です。しかし日本は「やめてください」と言うだけで、同胞を取り返すことはしません。それどころか、長い間「やめてください」とも言えなかったのです。

北朝鮮は近年は日本に向けての核ミサイルの開発にも余念がありません。驚いたことに、「日本を核で沈める」とまで言っています。にもかかわらず、日本は断固とした強い態度に出ることができません。呆れたことに、メディアは「話し合えば何とかなる」と言い、中には「日本が挑発的な行動を取るからいけない」と堂々と発言するコメンテーターを出演させるテレビ番組もあります。第六章で書いたように、一部の市民団体の中には、「ミサイルの発射を知らせるＪアラートは市民の恐怖心を煽るから、やめろ」

と言う人たちまでいます。

北朝鮮のミサイル基地を叩くための武器を導入しようとすると、「良心的」と自認するメディアや文化人は一斉に「憲法違反だ」と言って反対します。まさしく狂気のクレーマーの言うがままになっているのが現状です。

韓国もまた北朝鮮以上に厄介な国です。この国は有りもしない「朝鮮人慰安婦の強制連行」というデタラメを世界中に広め、日本にその賠償を求め続けています。またアメリカを軸とする軍事同盟国でありながら、呆れたことに日本を仮想敵国としています。実際、韓国の大統領がアメリカの国務大臣に向かって、「日本を仮想敵国としたい」と言い、一喝されたことがあります。

韓国人の反日感情は常軌を逸していて、日本の仏像を盗む、神社に爆弾を仕掛ける、日本文化をパクる、教科書に文句をつける、子供たちに反日の絵を描かせて公道に展示する、ことあるごとに金を要求する——はっきり言って、まったく友好国でないどころか、彼らの言うように、日本にとっても「仮想敵国」のようなものです。

しかし日本はそんな国にもはっきりとものを言うことはできず、逆にへこへこして頭を下げている状況です。

繰り返しますが、これはまさに、ブラック企業に勤めながら、会社や上司と戦うこともできず、かといって辞表を叩きつけることもできずに、ひたすら自らに我慢を強《し》いて、自分自身を追い込んでいる状況とまったく同じです。

中国が日本侵略を企む理由

私の本をこれまで何冊かお読みになっている読者の方には十分おわかりのことですが、この本をお読みになっている皆さんの中には「中国が攻めてくるなんて、嘘だろう」と思われている方がいらっしゃるかもしれません。

しかし残念ながら、中国が日本の領土と資源を狙っているのは間違いありません。

なぜ、中国は日本への侵略を企《たくら》むのでしょうか。

北京大学出身の評論家石平《せきへい》氏は、私との対談『「カエルの楽園」が地獄と化す日』（飛鳥新社）で、「いま、中華民族には『生存空間』が足りないというのが彼ら（中国のエリート）の常識であり、最大の危機意識です」とおっしゃっています。生存空間とは、一四億人の中国人民が満足に暮らしていく環境全体を指す用語を指すそうです。

いま中国では、大気汚染や砂漠化、水不足などで人が居住できる場所がどんどん失われていっています。すでに二〇〇一年に、中国で高く評価されている「新経済」という専門誌が、国土の三分の一は実は人の生息に適しない「荒漠地帯」だと指摘し、生活に適した良質な国土は二九パーセントにすぎないと述べています。石平氏は、この『良質な国土』もどんどん汚染され、環境が破壊されていったら、……（中略）……当然中国人民は自国の外に自らの生存空間を確保していかねばなりません」と仰いました。

さらに石さんは、カネも水もあり、軍事的に弱腰な日本は、中国にとって「侵略する価値」もあり、「侵略できる可能性」も高い国だと指摘されています。その日本を侵略して大量の中国人を送り込めば、国内の人口問題を解決することができるのです。

また、私が同書で紹介した、中国人の対外戦争や日本への意識が窺える恐ろしいデータをここでも再掲したいと思います。

二〇〇四年に中国で実施された、十七歳から三十歳を中心に良好な教育を受けた都市部の青年一六六四人を対象とした面接調査で、「あなたは戦士として上級者の許可があった場合、婦女子や捕虜を殺せますか?」との質問に「必ず殺す」と回答したのは四六・七%、「日本人なら殺す」と答えた二八・四%と合わせて、七五%が殺せると答えています。「絶対殺さない」という回答は一〇・一%しかなく、中国人青年たちは、いざ戦争になれば平気で日本人を殺せると考えたほうがいいといえます。

中国人は歴史的にウイグルやチベットの人たちに恨みはありません。にもかかわらず、彼らはウイグル人やチベット人を大量に虐殺しています。徹底した反日教育を受けていて、日本人に対する憎しみと恨みが醸成されている現在の中国人が、もし日本を占領したら、どんなことをするかは想像に難《かた》くありません。おそらく躊躇《ちゅうちょ》せずに私たちを殺すでしょう。

これも石平さんに伺ったことですが、中国人は酒場などではよく、「いつか東京大虐殺をやりたいな」という質《たち》の悪い冗談が出るといいます。たとえ冗談だとしても、度を超えています。いや、本当に冗談で言っているのかも疑問です。私たちは、そうしたことも頭に置いて、日本はいつか訪れるかもしれない危機に備えるべきなのです。

また中国はそのためにこの二十年以上、年率七~一七パーセントの凄まじい軍備拡張を続けています。一九九六年の中国の軍事費は七〇二億元でしたが、二〇一七年には約一兆二〇〇〇億元になっています。世界で、ここまで常軌を逸した軍拡を続けている国は他にありません。現在の中国の軍事力は安全保障という枠組みをはるかに超えた巨大なものになっています。

つまり中国の軍拡は、自国防衛のためではなく、明らかに侵略のためです。その仮想敵国はいうまでもないでしょう。近年、東シナ海、尖閣諸島において、中国の軍事的圧力は凄まじいものになっています。

ひたすら我慢の日本

しかし日本はそんな中国に対して、ひたすら「忍」の一字で耐えています。

二〇一〇年に中国の漁船（おそらく偽装漁船）が尖閣諸島の領海を侵犯し、警告した海上保安庁の船に体当たりした事件があります。海上保安庁の職員は命懸けで中国漁船の船長を逮捕しました。ところが時の民主党政権は、中国の漁船の体当たり映像を非公開にしたばかりか、中国の脅しに怯えて、船長を超法規措置で釈放してしまったのです。

しかし中国はその報復として、日本人をスパイ容疑で何人も逮捕し、さらに民衆をけしかけて、中国国内にある日本企業や店を襲わせました。また日本へのレアアースの輸出をストップしました。

日本政府はこれらの中国の卑劣な行為に断固とした抗議はできず、ひたすら中国の機嫌を取るばかりでした。

日本の弱腰を見た中国は、近年、軍事的挑発をさらにエスカレートさせています。尖閣諸島にはほぼ連日のように何十隻という偽装漁船と中国海警局の警備船を出動させていますが、二〇一六年には軍艦が日本の排他的経済水域を航行し、空では、日本の航空自衛隊の戦闘機に攻撃態勢を取りました。二〇一八年一月には、潜水艦が潜航したまま領海を航行しました。潜水艦が潜航したまま領海を航行することは「無害通航」とは認められていません。これははっきりとした軍事行動なのですが、日本政府は「遺憾である」としか言うことができません。

力の均衡なしに話し合いはあり得ない

本来は、領海に入った漁船は追い払うべきだし、戦闘態勢を取った戦闘機は撃墜《げきつい》するべきだし、潜航して領海を航行した潜水艦は撃沈すべきです。

世界では問答無用でそうする国もあるでしょう。二〇一五年、トルコは領空侵犯したロシアの戦闘機を撃墜しています。しかし明らかに非があるロシアはトルコに対して何もできませんでした。

しかし日本はそんなことができません。なぜか――具体的には憲法九条のせいですが、私にはもっと根源的な問題が潜んでいるという気がしています。

それは戦後七十年の平和な暮らしの中で、根付いてしまった「臆病さ」です。

第三章で、パワハラ上司についてガマンしている人の心境について述べました。彼らは忍耐強いのではなく、「事態をややこしくして面倒になるのを避ける気持ち」、「後でえらい目に遭うのが怖いという恐怖心」があるから、消極的に逃げているだけだと説明しました。

実は、中国や韓国、北朝鮮に対する日本の態度も、このパワハラ上司に対する部下とまったく同じといえるでしょう。大東亜戦争の敗北、そしてアメリカから押し付けられた「戦争放棄」という憲法のもとで、日本人は「軍」や「戦争」というものから一切目を背《そむ》け、ひたすら経済活動のみに生きてきました。

そのため、北方領土をソ連に奪われようが、韓国に竹島を奪われようが、北朝鮮に同胞を何人も拉致されようが、断固とした抗議は何もできず、ただ口だけで「やめてね」と言うしかできなかったのです。

問題は領土だけではない！

ことは領土問題だけに留まりません。

中国が主張する「南京大虐殺の嘘」、韓国が主張する「従軍慰安婦強制の嘘」に対しても、日本政府は長年にわたってまったく断固とした抗議はしてきませんでした。両国に向けて「嘘を言うのはやめろ！」と主張しなければならないのは当然のこととして、世界に向けても、「中国と韓国の言っていることは大嘘だ！」と声を上げて言わなければならないのに、日本政府はほとんど聞こえないような小さな声でしか言いません。

私にはまるで「同級生たちからイジメを受けている子供」のような態度のように見えます。謂《いわ》れなき嘘と中傷を広められても、「デタラメを言うな！」と怒鳴ることもできずに、ただへらへら笑って「違うよ」と呟《つぶや》いているだけの気の小さないじめられっ子、というイメージです。

またその対応は、第三章で喩えたクジャクに対するシチメンチョウのようにも見えます。日本人同士なら「こちらが引けば、相手も引くはず」あるいは「こちらが謝れば、相手も許してくれるはず」という、同族に対するような甘い考えで、ひたすら地面に這いつくばるシチメンチョウのようです。しかしそんな態度を見せれば、クジャクはますます攻撃してくることを知らないのです。もう何十年もそんな状態が続いているのに、いまだに中国や韓国に謝ってばかりいる姿を見ていると、日本の政府はシチメンチョウなみの頭しかないのかという気にもなってきます。

こうして書いているだけでも、情けなくて涙が出てきます。七十数年前、祖国を守るために戦って命を失った英霊たちが、今の日本を見たら、どう思うでしょうか。

抗議する力を持つ

では、日本はこれらの横暴な国に対して、どうすればいいのでしょうか。

私はこの本で、「逃げる力」をすすめていますが、これらの国から「逃げる」とはどういうことでしょうか。

私は国同士の間で「逃げる」ということは、「親しい付き合いをやめること」だと考えています。とはいえ、断交までは考えていません。ただ、経済協力や文化交流を含めた交流は距離を置くべきです。ODAやスワップなどはとんでもない。技術やその他の援助もストップします。そうした関係があるのは友好国に限られます。日本を敵視するどころか、領土を奪ったり、日本を貶《おとし》めるための嘘と中傷を世界にばらまく国は、絶対に友好国ではありません。

しかし現状はどうでしょう。中国からの留学生には莫大な無償援助、駅などの表示には中国語とハングルが溢れかえっています。一時期よりは少なくなりましたが、テレビではやたらと韓国ドラマが流されたことがあります。こんなことは親日国や友好国相手にするべきことで、日本を敵視している国に対してすることではありません。

要するに、日本は「嫌われること」を恐れるあまり、自分を嫌う国に対して、逆にへこへこしてすり寄っているのです。しかしそんなことをして相手国が日本を好きになることは絶対にありません。逆に、「日本は強く出れば強く出るほど、一層へこへこする国だ」と侮蔑するだけです。

嫌な上司に嫌われたくないと、惨めなおべんちゃらをするサラリーマンが、上司に余計に馬鹿にされるのと同じ構図です。

軍事衝突の恐怖

もしそんな「逃げ」は嫌だと言うなら、「戦う」しかありません。

ただし、「戦う」とはいっても、実際に戦争をするわけではありません。外交的に、言うべきことをはっきりと言う、それだけのことです。

つまり中国や韓国に対して、「あなたがたの言っていることは、事実に基づかない捏《ねっ》造《ぞう》である」と宣言し、同じことを世界に向けて発信するのです。

これは、会社で譬えれば、無理難題を吹っ掛ける上司に、「それはできない」「あなたの言っていることは間違っている」ときっぱり宣言することです。

しかしこんな簡単なことが日本政府はできません。なぜか——報復が怖いからです。

実は日本には外交力といえるものがほとんどありません。もちろん交渉テクニックも下の下ですが、それ以前に、中国や北朝鮮と対等に渡り合えるだけの軍事的な力がないことも大きいのです。

中国に強く言えないのは、レアアースの輸出禁止措置や、中国国内にある日本企業への嫌がらせ、あるいは尖閣諸島への軍事行動などを恐れるためです。北朝鮮にも断固とした措置がとれないのは、ミサイル発射と、拉致被害者を返してもらえないことを恐れているのです。韓国の嘘に対して国を挙げて抗議できないのは、おそらくは国内にいる在日韓国人とそのシンパたち、左翼メディアや「人権派」と呼ばれる組織や個人の反発を恐れてのことです(現在でも、「従軍慰安婦の強制はなかった」と言おうものなら、朝日新聞を初めとする左翼メディアや、野党政治家が血相を変えて否定します)。情けないことに、政治家の多くは、彼らのキャンペーンで議席を失うことを恐れて何も言えないのです。日本や国民のことより、自分の議席のほうが大切なのです。

大人の態度で接しようとするから、中国・韓国からナメられる

現在の日本はブラック企業の中にあって、ゆっくりと壊れていくサラリーマンのようです。

強く抗議することもできず、かといって会社を辞めることもできず、我慢しているうちに、体力も精神力も金もどんどん奪われ、やがて、「死」を迎える――。

日本は今、国も人間も、「戦う」ことも「逃げる」こともできずに、ゆっくりと死に向っているように見えて仕方ありません。

話し合いをするには力の均衡が必要だと言いましたが、たとえ軍事力で劣っていたとしても、外交の場では、言うべきことは言わないといけません。

日本は、中国からは南京大虐殺、韓国からは従軍慰安婦に関して、執拗に責められ続けています。しかし、彼らの主張には誤りがありますから、反論すべきことは反論しなければなりません。

しかし、日本政府は、徹底的に反論することはしません。識者と呼ばれる人たちも、「向こうのレベルに合わせて、子供みたいな態度をとる必要はない。こちらが正しいのだから、黙っていてもいつかはわかってもらえる」みたいなことを言います。まるで寛大な大人の態度をとれと言わんばかりです。

しかし、実際のところ、日本政府は、寛大でも、大人でもない、と私は思います。国際的な評判を良くしたいという「虚栄心」、外交的にとことんやりあうというしんどいことから逃げようとする「怠惰」、そして中国のレアアース輸出禁止などの報復や北朝鮮の核ミサイル攻撃を恐れる「恐怖」。この三つの気持ちがあるからこそ、事を荒立てないように黙っているのです。

しかし、このままの態度を続けていれば、中国や韓国にいつまでたってもナメられたままでしょう。逃げてばかりいないで、言うべきことは言わなければなりません。

そのためにも憲法を改正しなければならないのです。

第八章

守るべきものがあれば、逃げられる

幸せの絶対的基準を持っているか

最後の章となりました。本文の最初に述べた「自分にとって大切なものを守るために、戦うか逃げるか、はっきり決める」ということについて、改めて考えてみたいと思います。

自分にとって大切なものを見定めるということは、言い換えれば「幸せの絶対的基準を持つこと」です。

自分の人生にとって、何さえあれば幸せなのか。

その絶対的基準を持っていると、そこから外れることは二の次でよい、場合によっては逃げてもいいし、捨ててもいいという判断が下せるようになります。

たとえば、自分にとって幸せの絶対的基準は、「家族の幸せ」であるとします。すると、「この会社の仕事は、家族の幸せを犠牲にしてまで取り組むべきことなのか」「この人間関係は、家族につらい思いを味わわせてまで維持すべきものなのか」といったように、判断の基準ができるようになります。他のことは二の次でいいし、楽しく暮らせない原因があれば、そこからは逃げても構わないという判断がつきます。

どんなに給料が高くても、毎月二百時間以上の残業があり、ほとんど家族と過ごせないような仕事だとしたら、「家族と会えないから、とっとと辞めたほうがいい」と判断できるでしょう。逆に、会社で左遷されたとしても、残業がなく、毎日楽しく家族と暮らすことができるとしたら、会社でバカにされていようがなんだろうが、そのまま会社にいればいい、という選択に至るかもしれません。

この「幸せの絶対的基準」が確立していないと、自分の生き方に対する判断がはっきりと下せません。そういう人は何を基準に生き方を決めるかというと、「相対的な基準」で決めます。つまり、「他人と比べて、給料や家の広さ、社会的地位が勝っているかどうか」で判断してしまうのです。他人よりも恵まれているかどうかが、幸せを感じる基準になっているのですね。

しかも、その「他人」とは、不特定多数の人たちではなく、実はごく身近な人なのです。具体的にいえば、会社の同期や学生時代の友人、子供の同級生の親などです。極めて狭いコミュニティの中で、給料や会社の役職、車のグレードが勝っていれば、それで良いのです。

しかし、「他人よりも恵まれているかどうか」を判断基準にしていると、時に誤った判断を下してしまうことがあります。

たとえば、会社で激務とプレッシャーにつぶされて、心身を病んでしまっても、「世間体が良い一流企業だから」「ドロップアウトしたと思われるのが嫌だから」と言って、無理して働き続けようとします。その結果、ますます体調が悪化してしまい、ついにはその会社を辞めざるを得なくなってしまった……などという話は、よく耳にします。

また、「この激務をなんとしてもやり遂げなければならない。妻や子供のことが二の次になってしまっても仕方がない」と、仕事に追われて妻や子供をないがしろにした結果、家族との関係がぎくしゃくしてしまい、とうとう離婚することになったというのも、よくある話です。

もちろん、幸せの絶対的基準が、「社会的ステータスを得ること」と確立している人なら、そのような事態に陥っても、選択に悔いはないかもしれません。しかし、大半の人は、「なぜあのとき休まなかったのか」「なぜもう少し家族を大事にしなかったのか」

と後悔するのです。あとになって、自分にとって何が最も大切だったのかに気付くというわけです。

果たして、皆さんは、幸せの絶対的な基準を持っているでしょうか。幸せの絶対的基準を持っていないと、他人との比較によって、相対的に幸せを測るということになりますが、そうなると本当に幸せになることは難しくなってしまうのではと思います。

なぜなら、出世にしても、給料にしても、家の大きさにしても、奥さんが美人かどうかにしても、子供の学歴の高さにしても、上には上がいるからです。世界でトップになるどころか、自分の周囲でトップになることだってかなり難しいことですから、一向に満足できず、永久に幸せは訪れません。幸運に恵まれて一度はトップになれたとしても、それを維持しつづけることは至難の業です。

またこの考え方に縛られている限り、他人よりちょっと劣ったと感じただけで、大きく落ち込んでしまいます。会社で同期よりも出世が遅れたり、学生時代の友人より給料が低かったりしただけで、取り乱してしまうのです。第三章で『半沢直樹』の登場人物が、銀行から出向しただけで、人生に絶望してしまった話をしましたが、このように脆《もろ》い人間になってしまうのです。

専業主婦の場合でも、同じことがいえます。学生時代の友人や子供の同級生の家庭と、旦那の年収や子供の学歴を競っているようでは、いつまでも幸せは訪れないと思います。

「逃げの小五郎」

「幸せの絶対的基準」を持つことで、人は、自分自身の生き方が定まり、迷いがなくなります。すると、人の目を気にすることなく、自分の信じる道を進めるようになります。逃げるべきときには躊躇なく逃げられるようになるのです。

一人、その見本となる例をあげましょう。桂小五郎、のちの木戸孝允《きどたかよし》です。

桂小五郎は剣の達人といわれた長州藩の尊王攘夷派の志士です。剣の腕は、江戸三大道場の一つ練兵館に入門して一年で塾頭にまでなったほどです。維新後、明治新政府の基本方針である「五箇条の御誓文」の起草に参加したり、版籍奉還や廃藩置県の実現に尽力しました。西郷隆盛、大久保利通とともに「維新三傑」と称されるような人物ですが、歴史ファンからの評価は大きく二分しています。坂本龍馬や高杉晋作などのような勇敢な志士たちと異なり、戦いに参加することなく逃げ出すことで生き延びた男だったとされているからです。彼の渾名《あだな》はそのものずばり「逃げの小五郎」です。

たとえば、長州藩兵と幕府側の会津藩兵とが武力衝突した「蛤御門《はまぐりごもん》の変」では、藩の京都代表であったにもかかわらず、武装入洛に反対し、長州勢が京を包囲したときも、長州の遠征部隊に加わろうとしませんでした。そして、幕府側が反撃し、京都の長州屋敷を包囲して、小五郎を捕まえようとしたときには、戦うことなくさまざまな藩邸に身を潜めるなどして逃げ回り、やがて京を離れ、但馬出石城下《たじまいずしじょうか》で荒物屋の店主になって潜伏生活を送りました。

桂小五郎の逃走のエピソードは他にもたくさんあります。乞食《こじき》の恰好をしたり、女装したりして、追っ手をまいたそうです。乞食として橋の下に逃げていたときは、ふんどしだけが真っ白で、他の乞食たちに怪しまれたという話が残っています。

藩が存亡の危機にあるときに逃げ続けた桂小五郎は「臆病者」扱いをされることもあるのですが、私は臆病者どころか、桂小五郎を見習うべきだと思います。

なぜなら、小五郎は、「倒幕を果たして、この国を立て直したい」という大義を果たすために、逃げ回っていたからです。血気にはやって命を失ったら、それが実現できません。たとえ臆病者のそしりを受けたとしても、生き延びることを選んだのです。

当時、乞食の恰好をするというのは、侍《さむらい》の矜持《きょうじ》が許さないはずですが、小五郎は気にしなかったようです。その結果、彼は見事に生き残り、明治日本の基礎を築き上げることができたのです。

逃げずに戦う人ほど勇敢だととらえられがちですが、私は、大義のために逃げた桂小五郎の生き方は、ある意味、非常に勇敢な生き方だと思います。

『永遠の0』宮部久蔵の生き方

「幸せの絶対的基準」を持つことで、生き方に迷いがなくなるということでは、私がデビュー作『永遠の0』で描いた主人公の祖父である宮部久蔵《みやべきゅうぞう》も、その一人です。

まだ読んでいない方のために説明しますと、久蔵は、海軍有数の腕を持った零戦《ぜろせん》のパイロットでしたが、軍では「臆病者」という陰口を叩かれていました。自分の死を恐れることなく戦う姿勢が求められる軍隊にあって、「生きて帰りたい」と公言していたからです。

実際、生きて帰るために、久蔵はなりふり構わぬ行動に出ます。零戦で飛行中は、潜んでいる米軍の飛行機をいち早く見つけるために、執拗なまでに後方をチェックしていました。また、両軍の飛行機が入り乱れて戦う「空戦」が始まると、戦場から一歩離れて、乱戦に巻き込まれるのを避けました。こうした姿勢から、彼は部下にまでバカにされていました。

しかし、「生きて帰りたい」と言っていたのは、自分の命が惜しかったからではありません。結婚したばかりの妻と、「生きて帰る」という約束をしていたからです。

また、「米軍にできるだけ多くの損害を与えるためには、できるだけ生き延びることが大切だ」とも考えていました。無茶な戦いをして命を失うなら、逃げるべきときは逃げて、生き延びたほうが戦えるというわけです。

だから、久蔵は、「臆病者」と言われても構わないと考えていました。部隊での評判などはどうでもいい。必要とあれば、徹底的に逃げていたのです。

実は、宮部久蔵のモデルの一人に、岩本徹三《いわもとてつぞう》さんという実在する零戦パイロットがいます。岩本さんは、生涯二〇〇機以上の敵機を撃墜した帝国海軍一のエースパイロットなのですが、特攻を命じられたときに拒否しています。生き残って何度も敵をやっつけるのが戦闘機搭乗員の仕事と考えていたからです。本当に大切なことは何かということがわかっていたからこそ、特攻拒否という勇気ある行動を起こせたのでしょう。

仕事は幸せの絶対的基準になり得るか

「幸せの絶対的基準」を持つことの大切さはおわかりいただけたかと思います。では、何を絶対的基準にすれば良いでしょうか。

私は、その人が納得がいくものなら、何でも良いと思います。

日本人は勤勉ですから、幸せの絶対的基準に「仕事」を挙げる人も多いのではないでしょうか。

これも私はまったく否定しません。サラリーマンを辞めて独立し、自分の人生をかけて、我が子のように会社と事業を育ててきた――。こういう人なら、「仕事」を大切にするのも理解できます。

ただ、会社勤めの人が、「仕事が楽しいから」といって、「仕事」を幸せの絶対的基準に置くのはあまりおすすめできない気持ちはあります。まして、仕事を優先することで、結婚などの他のことを諦めるのは、どうかと思います。

私の知り合いの女性でも、「仕事が楽しくてたまらないので結婚しない」という人がいます。結婚したら、夫の転勤や出産などで、仕事を諦めなくてはならなくなるかもしれない。それが嫌だ、というのです。

しかし、会社勤めをして結婚しないまま定年を迎えたとき、その人には何が残るのでしょう。その人は会社と結婚したようなものかもしれませんが、六十歳になったら強制的に離婚させられてしまうのです。それで一人になってしまい、何も残らないことに気付いたら、その人は後悔するのではないかと思います。

また、仕事を優先して、健康をないがしろにするなど、もってのほかです。断言します。仕事にそこまでの価値はありません。

私自身は、仕事とは、家族を養うための手段であると考えています。その手段を目的としてしまうと、「この会社を辞めたら人生終わりだ」というふうにもなりかねません。会社という不安定なものに人生を賭けるのは、非常に危険なことです。

替えがきかないのは家族と自分だけ

冒頭でも同様のことを述べましたが、私自身の「幸福の絶対的基準」は、自分自身の健康と家族の二つです。それさえ満たされていれば、他のことは、二の次で構いません。

家族が楽しく暮らしていて、自分も健康で過ごせる。それが何よりの幸せなのです。

小説家という仕事は好きですが、別に失ってもかまいません。小説家になったのは五十歳を超えてからで、それまではテレビ業界でコントやバラエティの台本を書く仕事をしていました。当時も、仕事のために何もかも犠牲にする気持ちはまったくありませんでした。もし、もっと儲かる仕事があれば、いつでも乗り換えたでしょう。実際、四十代の頃は不動産の仕事に転職しようかと真剣に考えたこともあります。

今や六十歳を超え、子供も大きくなったので、仕事をあくせくしなくてもなんとかなりますが、もう少し若い頃に仕事がなくなっていたとしたら、家族を養えるならどんな仕事でもやったと思います。

仕事は替えがありますが、家族は替えがありません。本当にかけがえのない存在です。大事にするのは当然です。世の中には、離婚すれば替わりはいると言う人もいるでしょうが、家族をそんな風に「替えがきくもの」と考えている人生は、非常にむなしいものと思います。そういう人は、人生の何を拠りどころとしているのでしょうか。

繰り返しますが、他のことは、ほとんど替えがききます。仕事などいくらでも替えがききますし、友人も替えられます。にもかかわらず、現実には替えがきくものを大事にして、家族という替えがきかない存在をないがしろにする人が多いようですね。人は、いつもいる存在を当たり前だと思ってしまいがちです。

すると行く末は何が待っているのか——熟年離婚です。

子供が成人し、定年退職した後、突然、奥さんから、「もう、私、これ以上無理です。長いことやってきたけど、もうダメです」「あなたと同じ墓には入りたくありません」と三下り半を突きつけられるケースが最近非常に増えてきたと言われています。このとき、旦那のほうは、「まったく気付かなかった……」と呆然としてしまうことが多いようですが……。こういう人は、少しかわいそうですが、同情の余地はありません。気付かなかったということは、今まで、人生で一番大切なものをないがしろにしてきた証拠です。失って初めてその大切さに気付くのです。

私は、非常に気が短く、すぐにカーッと怒るのですが、嫁さんに怒ったことは一度もありません。一緒に生活していれば、物言いに対してカチンとくることもありますが、もっと怒ってもいい仕事関係の人には我慢しているのに、自分のために一所懸命洗濯や料理をしてくれている、一番大事な人に対して我慢しないというのはおかしいと思うからです。そんな我慢は屁でもありません。

実はある雑誌でこのことを書いたとき、それを読んだ妻から、「あんたが我慢しているよりも、私が我慢しているほうが一〇〇倍多い！」と怒られました。言われてみればその通りで、この場をお借りして、妻に謝罪します。

私が伝えたいことは、配偶者だからこそ、何でも言っていいというものではないということです。気が置けない関係というのはいいことですが、だからといって無遠慮に好きなことを言っていいというものではないと思います。大切な家族だからこそ、余計に気遣うということこそ大事なことです。

でも、世の中の人を見ていると、仕事ではペコペコして、他人には言いたいことも言えずに我慢しているのに、一所懸命自分に尽くしてくれている奥さんに対して当たり散らす人は多いようです。こういう人は何が一番大切なのか全然わかっていない人です。でも、そういう人はいずれ後悔すると思います。

自分にとって何が一番大切なのか。そのことをもう一度確認してみてください。それは、「逃げる」力をつけるためだけでなく、人生を後悔しないために必要なことなのです。

守るものを見つけるべき

こうして、幸せの絶対的基準を考えていくと、家族がいる人は、「家族が一番大切だ」という結論に達することが多いと思います。

もっとも、読者の中には、独身で子供がいない人も少なからずいるでしょう。「国勢調査」による生涯未婚率（五十歳までに一度も結婚しない人の比率）の調査によると、二〇一五年は男性が二三・四パーセント、女性が一四・一パーセントに上っているそうです。実に男性の四人に一人が一生独身という状況になっています。

そういう人は、幸せの基準を何に置くべきか、悩んでしまうかもしれません。

一方で、最近は若者の結婚願望も大幅に低下しています。明治安田生活福祉研究所が二〇一六年に、未婚者に対して行なった調査によれば、「結婚したいか」という問いに対して「結婚したい」と答えた二十代男性は三八・七％。二〇一三年は六七・一％だったらしいですから、わずか三年で二八・四パーセントも低下しています。二十代女性では、二〇一六年が五九・〇％、二〇一三年が八二・二％で、こちらも二三・二％低下しています。

二十代が「まだ結婚したくない」と考えるのは理解できないことはない、と考える方もいるでしょう。では三十代はどうかというと、三十代男性は二〇一六年で四〇・三％（二〇一三年は五二・九％）、三十代女性は二〇一六年で四五・七％（二〇一三年は六〇・三％）。三十代未婚の半分以上が、結婚したくないと答えているのです。

今後この傾向が続くとしたら、これからは「家族を守る」以外の幸福の価値観が広がっていくのかもしれません。

しかし私は、このような時代に、あえて次のように述べたいと思います。人間は、「その人のために生きたい」「その人を守りたい」といえる存在を得るための努力を続けるべきである、と。

ベートーヴェンの交響曲「第九」は、誰でもご存知でしょう。第四楽章のいわゆる「歓喜の歌」は、シラーの作った頌詩《しようし》「歓喜に寄す」にベートーヴェンが曲をつけたものです。ベートーヴェンがこの詩に音楽を付けようと考えたのは二十代の頃と言われていますが、この思いは最晩年になってやっと実現しました。

この詩は「人類がみな友だちであれ」というような、人類愛を歌った歌だと思っている人が多いでしょうが、実はそんなものではなく、すごく恐ろしい内容の詩なのです。

詩の翻訳を引用します。

「おお友よ……（中略）……歓喜よ、神々の麗しき霊感よ　天上楽園の乙女よ　我々は火のように酔いしれて　崇高な汝の聖所に入る　汝が魔力は再び結び合わせる　時流が強く切り離したものを　すべての人々は兄弟となる　汝の柔らかな翼が留まる所で」

「一人の友の友となるという　大きな成功を勝ち取った者　心優しき妻を得た者は　彼の歓声に声を合わせよ」

「そうだ、地上にただ一人だけでも　心を分かち合う魂があると言える者も歓呼せよ」

ここまでは良いですよね。問題はこの後です。なんと書いてあると思いますか？

「それがどうしてもできなかった者は　この輪から泣く泣く立ち去るがよい」

つまり、この第九では、一人の友も愛する妻も家族もいない人間は、われわれの団結の輪から立ち去れ！　と歌っているのですね。いい歌だなあと思って聞いていると、最後に非常に厳しいメッセージが待っているのです。

私は、このメッセージに込められた真意に、耳を傾ける必要があると思います。

人間の本当の喜びとは、大切にする妻（夫）や家族を見つけること。シラーはそう言っているのです。なぜそうした存在を見つける必要があるのか。それは、自分に生きる意味を与えてくれるからです。そういう存在をつくることで、自分も生きられるからです。そしてベートーヴェンはそこに強く共感したのです。

ベートーヴェン自身は、二十年以上にわたって素晴らしい女性たちと恋をしましたが、ついに生涯の伴侶となる女性とはめぐり会えませんでした。だからこそ、彼はシラーの詩に共感し、晩年、自らのすべてを注ぎ込んで、偉大なる「第九」を書き上げたのです。

第四章で紹介した『夜と霧』のヴィクトール・E・フランクルは、この上なく過酷な状況を、想像上の妻と会話することで乗り越えました。彼はこう述べています。

「私の精神は、それが以前の正常な生活では決して知らなかった驚くべき生き生きとした想像の中でつくり上げた（妻の）面影によって満たされていたのである。……（中略）……愛は結局人間の実存が高く翔り得る最後のものであり、最高のものであるという真理（をつくづく味わった）」（『夜と霧』霜山徳爾訳）

またフランクルは、収容所の中で絶望し、自ら命を断とうと決意した男も救っています。フランクルはその男に、彼が生きて帰ってくるのを外国で待っている子供のことを思い出させたのです。彼は子供のために自らの命を放棄することができなくなったのです。それはまさに「愛」の力です。

家族への愛は、究極の絶望からも人を救いうる力を持っているのです。妻、夫、子供。ＬＧＢＴの人なら愛するパートナーということになるでしょう。もちろんこの時代、そうしたパートナーを見つけ出すのは容易なことではありません。でも、できるだけの努力はするべきだと私は思います。その存在があなたを救い、逃げる勇気と力を与えてくれるのです。

参考文献

高橋幸美・川人　博『過労死ゼロの社会を』連合出版
小原秀雄『「弱肉強食」論』明石書店
ギルバート・ウォルドバウアー著、中里京子訳『食べられないために』みすず書房
P・J・B・スレイター編『動物大百科第16巻　動物の行動』平凡社
今泉忠明『誰も知らない動物の見かた〜動物行動学入門』ナツメ社
笠谷和比古『徳川家康』ミネルヴァ書房
石原慎太郎ほか『織田信長の研究』プレジデント社
鶴間和幸『中国の歴史03　ファーストエンペラーの遺産』講談社
司馬遷著、小竹文夫・小竹武夫訳『史記Ⅰ　本紀』ちくま学芸文庫
野口　健『落ちこぼれてエベレスト』集英社文庫
岡田尊司『生きるための哲学』河出文庫
今野晴貴『ブラック企業』文春新書
今野晴貴『ブラック企業2』文春新書
コンラート・ローレンツ著、日高敏隆訳『ソロモンの指環』ハヤカワノンフィクション文庫
大内裕和・今野晴貴『ブラックバイト［増補版］』堀之内出版
細井和喜蔵『女工哀史』岩波文庫
百田尚樹『大放言』新潮新書
百田尚樹『鋼のメンタル』新潮新書
片田珠美『他人を攻撃せずにはいられない人』PHP新書
ヴィクトール・E・フランクル著、霜山徳爾訳『夜と霧』みすず書房
NHKスペシャル取材班『震度7　何が生死を分けたのか』ベストセラーズ
NHK東日本大震災プロジェクト『証言記録　東日本大震災』NHK出版
広瀬弘忠『きちんと逃げる。』アスペクト
百田尚樹・石平『「カエルの楽園」が地獄と化す日』飛鳥新社

PHP新書
PHP INTERFACE
https://www.php.co.jp/

百田尚樹[ひゃくた・なおき]

1956年大阪生まれ。同志社大学中退。人気番組「探偵!ナイトスクープ」のメイン構成作家となる。2006年『永遠の0』(太田出版)で小説家デビュー。09年講談社で文庫化され、累計450万部を突破。13年映画化される。同年『海賊とよばれた男』(講談社　単行本12年、文庫14年)で本屋大賞受賞。
著書に『「黄金のバンタム」を破った男』(PHP文芸文庫12年［『リング』(PHP研究所)を改題］)、『至高の音楽』(PHP研究所　CD付単行本13年、新書15年)、『この名曲が凄すぎる』(PHP研究所　CD付単行本16年)、『大放言』(新潮新書15年)、『カエルの楽園』(新潮社単行本16年、文庫17年)、『鋼のメンタル』(新潮新書16年)、『雑談力』(PHP新書16年)、『戦争と平和』(新潮新書17年)などがある。

逃げる力

(PHP新書 1134)

二〇一八年三月二十九日　第一版第一刷

著者——百田尚樹
発行者——後藤淳一
発行所——株式会社PHP研究所
東京本部——〒135-8137 江東区豊洲5-6-52
第一制作部 ☎03-3520-9615(編集)
普及部 ☎03-3520-9630(販売)
京都本部——〒601-8411 京都市南区西九条北ノ内町11
組版
制作協力——アイムデザイン株式会社
装幀者——芦澤泰偉＋児崎雅淑
印刷所
製本所——図書印刷株式会社

ISBN978-4-569-83774-1

ＰＨＰ新書刊行にあたって

「繁栄を通じて平和と幸福を」（PEACE and HAPPINESS through PROSPERITY）の願いのもと、ＰＨＰ研究所が創設されて今年で五十周年を迎えます。その歩みは、日本人が先の戦争を乗り越え、並々ならぬ努力を続けて、今日の繁栄を築き上げてきた軌跡に重なります。

しかし、平和で豊かな生活を手にした現在、多くの日本人は、自分が何のために生きているのか、どのように生きていきたいのかを、見失いつつあるように思われます。そして、その間にも、日本国内や世界のみならず地球規模での大きな変化が日々生起し、解決すべき問題となって私たちのもとに押し寄せてきます。

このような時代に人生の確かな価値を見出し、生きる喜びに満ちあふれた社会を実現するために、いま何が求められているのでしょうか。それは、先達が培ってきた知恵を紡ぎ直すこと、その上で自分たち一人一人がおかれた現実と進むべき未来について丹念に考えていくこと以外にはありません。

その営みは、単なる知識に終わらない深い思索へ、そしてよく生きるための哲学への旅でもあります。弊所が創設五十周年を迎えましたのを機に、ＰＨＰ新書を創刊し、この新たな旅を読者と共に歩んでいきたいと思っています。多くの読者の共感と支援を心よりお願いいたします。

一九九六年十月

ＰＨＰ研究所